I Canguri / Feltrinelli

BANANA YOSHIMOTO
Arcobaleno

Traduzione di Alessandro Giovanni Gerevini

Feltrinelli

Titolo dell'opera originale

虹

(Niji)
© 2002 Banana Yoshimoto
Edizione originale giapponese pubblicata da Gentōsha, Inc., Tōkyō
Diritti per la traduzione italiana concordati con Banana Yoshimoto
tramite il Japan Foreign-Rights Center

Traduzione dal giapponese di
ALESSANDRO GIOVANNI GEREVINI

© Giangiacomo Feltrinelli Editore Milano
Prima edizione ne "I Canguri" novembre 2003

ISBN 88-07-70151-0

www.feltrinelli.it
Libri in uscita, interviste, reading,
commenti e percorsi di lettura.
Aggiornamenti quotidiani

Avvertenza

Per la trascrizione dei nomi giapponesi è stato adottato il sistema Hepburn, secondo il quale le vocali sono pronunciate come in italiano e le consonanti come in inglese. Si noti inoltre che:

ch è un'affricata come la *c* nell'italiano *cesto*

g è sempre velare come in *gatto*

h è sempre aspirata

j è un'affricata come la *g* nell'italiano *gioco*

s è sorda come in *sasso*

sh è una fricativa come *sc* nell'italiano *scelta*

w va pronunciata come una *u* molto rapida

y è consonantico e si pronuncia come la *i* italiana.

Il segno diacritico sulle vocali ne indica l'allungamento.

Seguendo l'uso giapponese, il cognome precede sempre il nome (fa qui eccezione il nome dell'autrice).

Per il significato dei termini giapponesi si rimanda al *Glossario* in fondo al volume.

"Al Tour della laguna si può nuotare insieme a tartarughe marine, razze e squali in cattività all'interno di una riserva naturale marina."

Vi avevano preso parte molti turisti provenienti da tutti gli alberghi di Bora Bora; io, però, ero l'unica a parteciparvi da sola. Per quanto mi guardassi intorno, gli altri erano tutti francesi o italiani riuniti in piccole comitive formate nei rispettivi hotel. Di giapponesi non ce n'era nemmeno uno. Non che la cosa mi preoccupasse più di tanto, tuttavia – piccola di statura come sono – stare in coda in mezzo a quella confusione mi faceva sentire un po' fuori luogo. Dopo essere stati divisi nei vari gruppi, finalmente venne il mio turno.

Insieme a me c'era una famiglia di francesi.

La moglie era incinta, per cui decisero di entrare in acqua soltanto il marito e il figlio di circa dieci anni. Le dissero in coro qualcosa come *"torniamo subito!"* oppure *"aspettaci, eh!"* e scesero verso la spiaggia.

Ah, beati loro! Come li invidio, pensai.

Dopodiché la signora aprì un ombrellino da sole e, sotto i raggi trasparenti, piano piano si sedette a terra facendo attenzione al pancione.

A quella vista riaffiorò il nitido ricordo di quando da piccola correvo lontano dalla mamma, sapendo che qualsiasi cosa mi fosse successa lei sarebbe stata pronta a soccorrermi. Rivissi con intensità quella sensazione del tutto particolare, immaginando che sotto il suo parasole si nascondesse un viso sorridente.

Quella sensazione divertente, intensa come miele scuro, conosciuta spesso da bambina quando giocavo tranquilla con una concentrazione quasi eccessiva, me la ritrovai in tutto il corpo fino a provare un leggero senso di oppressione. *Sono davvero molto lontana...*

Non che volessi tornare indietro o che la mia vita fosse stata soltanto un avvicendarsi continuo di difficoltà.

Tuttavia, ogni volta che mi giravo e vedevo i piedi candidi spuntare da sotto la gonna lunga di quella mamma sconosciuta con l'ombrellino, insieme a quella scena di ombre che si proiettavano sulla sabbia bianchissima, mi si stringeva il cuore.

Una volta in mare, nella riserva, a dire la verità sembravamo noi umani a essere in mostra. I pesci si muovevano tranquilli, del tutto incuranti di noi alieni che invece nuotavamo affannosamente.

Con gli occhi spalancati per la meraviglia, ebbi uno strano pensiero.

Chissà se un gruppo di extraterrestri che si fosse messo a osservare la Terra dallo spazio avrebbe pensato che anche noi, esattamente come quei pesci, siamo esseri meravigliosi che fluttuano nell'atmosfera.

In quel momento vidi un piccolo squalo color giallo limone spuntare impavido; nuotava in un modo differente dagli altri pesci.

Ah, incredibile! È giallo! E sgranai ulteriormente gli occhi.

Ogni volta che cambiava direzione con la pinna posteriore, controllavo con un certo disagio che non si soffermasse a osservare i miei piedi. Ricordavo nel dettaglio quelle storie secondo le quali l'olfatto degli squali è superiore a quello degli esseri umani decine di migliaia di volte, e che nel momento in cui attaccano gli uomini strabuzzano gli occhi.

Anche se è così piccolo, ha un'aura diversa dagli altri pesci. Fa davvero paura! E per di più è di un giallo da non crederci!

Morivo dalla voglia di dirlo a qualcuno e mi ritrovai a indicarlo con la mia manina decisamente più piccola della norma. Che oltretutto sott'acqua sembrava ancora più piccola.

La coppia di anziani che nuotava al mio fianco mi fece un cenno di assenso. Intuii che anche loro fossero eccitati da quell'incontro. Erano due francesi simpatici che soggiornavano nel mio stesso albergo e avevamo parlato un po' sulla barca che ci aveva portati lì.

In quel momento, continuando a osservare lo squalo, ci prendemmo istintivamente tutti e tre per mano.

Che le mani di estranei potessero trasmettere tanta felicità, superando la barriera delle nazionalità, dipendeva dal fatto che erano quelle di due persone anziane. Due grandi mani piene di rughe che avevano abbracciato un'infinità di volte i loro figli e nipoti.

Dopo esserci assicurati che lo squalo fosse tranquillo e per niente intenzionato ad attaccarci, tirammo fuori la testa dall'acqua e ne parlammo un po'. Poi ci sorridemmo e ognuno andò per la sua strada a inseguire i pesci che preferiva.

Io avrei voluto continuare a osservare quel rarissimo squalo in eterno.

Ma guarda che giallo trasparente! Era davvero di un giallo limone molto acceso. Esattamente come l'avevo sentito descrivere. Eppure era incredibile che ci fossero esseri viventi di quel colore, che ci fossero pesci colorati come frutti. Immaginai i miei occhi intenti a fissare i suoi movimenti luccicare come quelli di una ragazza innamorata.

L'acqua del mare, all'inizio pulita e limpida, piano piano divenne torbida per via della sabbia sollevata dai movimenti della gente. Ed esattamente come in una tempesta di sabbia nel deserto, come nei giorni di forte vento con le nuvole che all'improvviso affollano il cielo, il mondo dei pesci si offuscò come in un'illusione.

In quel mare che a tratti si intorbidiva per poi tornare limpido, davanti ai miei occhi vedevo pesci dai colori variopinti, agili razze che scivolavano sul fondo marino, mentre in bocca sentivo un sapore di sale carico di nostalgia. Il corallo cambiava colore ogni volta che veniva illuminato dai raggi del sole, e sott'acqua tutto brillava leggermente.

Pensai che fosse un sogno, come vedere un arcobaleno. I sette colori erano tutti presenti in quel mondo. E sfocandosi, poco alla volta si disperdevano in tremolanti raggi sottili che davano vita a splendidi fiocchi colorati. Era un mondo silenzioso in cui il tempo pareva essersi fermato.

Nonostante tutto quello che mi è successo finora nella vita, eccomi qui a godermi questa magnifica scena... Nella mia vita dovrò certamente affrontare altre avversità, ma sono sicura che ogni volta, alla fine, davanti ai miei occhi si presenterà uno spettacolo come questo. Ne sono certa.

Feci questi pensieri e stranamente sentii sgorgare dentro di me una forza incredibile.

Eppure, almeno in quell'istante, sarei voluta tornare ragazzina e partire alla volta di una dimensione mai conosciuta.

Armata soltanto del mio piccolo e inaffidabile corpo di mortale, come un'astronauta in un bellissimo universo sconosciuto privo di gravità, sola nonostante le moltitudini presenti, ascoltando soltanto il suono del mio respiro.

Da quando ero arrivata a Tahiti avevo sempre sonno.

Per quanto dormissi non riuscivo a scrollarmi di dosso la stanchezza, anche dopo essermi spostata da Moorea a Bora Bora. Nonostante mi fossi concessa il lusso di un albergo da favola e il mio cottage costruito direttamente sull'acqua fosse completamente avvolto dallo spaventoso mugghio del mare, mi svegliavo per un momento, ma subito dopo mi riaddormentavo. La notte il vento soffiava rumoroso facendo tremare tutta la costruzione, e il mare con la sua presenza soffocante sembrava riempire l'intera stanza, tanto da far credere che il mattino non sarebbe mai più arrivato. Tuttavia la violenza di quei rumori era per me una dolce ninnananna che mi isolava dal mondo esterno e dal passato.

Quando mi svegliavo a volte facevo quattro passi senza meta, altre nuotavo un poco, oppure camminavo per tutto il sentiero fino alla lontana reception e andavo a mangiare un boccone.

Dovevo innanzitutto percorrere un lunghissimo pontile di legno scricchiolante, poi passare in mezzo alle piante e ai fiori di un enorme parco disseminato di bungalow, attraversare un ponte che dava su una striscia di mare dove nuotava un'infinità di pesci, camminare un bel po' lungo la spiaggia, per raggiungere finalmente l'edificio della reception.

Senza niente da fare e assonnata com'ero, quel percorso era un ottimo modo per ammazzare il tempo.

Camminavo raccolta nel mio silenzio e, poiché la vista davanti ai miei occhi cambiava in continuazione, restavo estasiata, come se mi trovassi in un sogno. Avevo l'impressione di non appartenere a quello spettacolo. E che la bellezza del panorama altro non fosse che il seguito dei miei sogni. Di giorno ogni cosa era avvolta da una luce molto intensa, di notte invece dal buio più pesto.

Tuttavia, quella volta sott'acqua ero completamente sveglia.

Circondata da quegli esseri viventi, all'improvviso vedevo chiaramente tutto quello che avevo intorno e percepivo sulla pelle il piacevole tepore del mare. Era come se d'un tratto si fosse alzato un sipario e io fossi salita sul palcoscenico del mondo.

Quando mi mancava il fiato, con le punte dei piedi che toccavano la sabbia del fondo, alzavo la testa dall'acqua, respiravo e subito dopo mi immergevo di nuovo. Avevo i capelli scompigliati quando una tartaruga marina mi passò a un palmo dal naso. Ogni momento era identico a quelli che la mattina seguono il risveglio, percepivo tutto in un modo chiaro e fresco con uno stupore che aumentava d'intensità.

La luce cambiava istante dopo istante illuminando quel mondo sommerso, la sabbia si alzava lentamente, gli esseri umani e i pesci andavano avanti e indietro come avrebbero potuto fare per le strade di una città. Al mio fianco continuavo a vedere – né troppo vicina né troppo lontana – quella coppia di anziani conosciuti poco prima con i quali per qualche secondo mi ero tenuta per mano.

L'incantesimo non si dissolse nemmeno quando, ormai vicina alla riva, riemersi con la testa dall'acqua e mi tolsi la maschera. Nulla era cambiato da prima che mi immergessi, né i forti raggi che piovevano dal cielo, né la fitta vegetazione, né la vista di quella tranquilla laguna.

In lontananza vidi il bambino di prima correre veloce verso la madre.

Uscii dall'acqua e mi asciugai al sole. Bagnato, il mio costume azzurro splendeva come una creatura marina. Il bagliore, il corpo coperto di sabbia, le gocce trasparenti che colavano dai capelli... Una sensazione molto delicata, fragile, mi riempiva l'animo con il suo incanto.

Avevo sempre pensato che solo raramente potesse prendere forma la felicità tra le persone. L'avevo imparato osservando i clienti dalla trattoria dove ero cresciuta, vedendoli talvolta piangere calde lacrime. Lì davanti ai miei occhi, invece, le incomprensioni, la tristezza e le piccole gioie apparivano semplicemente come onde che si frangono una dopo l'altra sulla riva prima di riprendere il largo.

È vero anche che nel contatto con gli altri a volte prendono vita istanti simili al miele. Istanti intrisi di intensa dolcezza, racchiusi in eterno in un'aura ambrata, puri e allo stesso tempo violenti come i giochi dei bambini.

Mentre dall'aeroporto mi dirigevo in albergo con il motoscafo che era venuto a prendere i nuovi arrivati, avevo notato una coppia felice. Una scena splendida che sarebbe potuta durare in eterno, due amanti che osservavano il mare uno di fianco all'altra.

14

Purtroppo però quei momenti non sono eterni per nessuno, senza eccezioni. E anche l'istante più meraviglioso finisce col mutare.

Per questo ero rimasta colpita da quella coppia. Sul nostro motoscafo non c'era più posto, per cui loro due erano dovuti salire sul battello dei dipendenti e lì, stretti stretti, si tenevano mano nella mano. Con un'espressione raggiante e i capelli che svolazzavano al vento, avvolti dalla delicata luce della sera. La loro imbarcazione proseguiva scivolando sulla superficie dell'acqua disegnando una bella scia diritta.

Forse anch'io avevo fatto parte di quel panorama. Mi venne da pensarlo così, spontaneamente, per la prima volta.

E la causa di quel pensiero era stata aver visto nuotare davanti ai miei occhi lo squalo giallo limone.

Sotto quegli splendidi raggi di sole, capii che i miei pensieri si erano arrugginiti e che molto probabilmente ogni cosa non era che il frutto del banale corso degli eventi. Ebbi la vaga sensazione che l'incantesimo si fosse spezzato.

Mi serviva tempo, moltissimo tempo, qualunque cosa facessi. In quel luogo la luce mi illuminava con il suo calore senza fare differenze, dandomi l'impressione di essere disposta ad aspettarmi per l'eternità.

A Tahiti ero voluta venire a tutti i costi.

Pensavo che fosse una vergogna aver lavorato per anni in un ristorante di cucina tahitiana senza esserci andata nemmeno una volta. Tuttavia, un po' perché non avevo mai potuto prendermi un lungo periodo di ferie, un po' perché il lavoro che facevo era molto divertente, erano passati quasi dieci anni in un batter d'occhio e ormai ero alla soglia dei trenta.

I primi giorni ero stata a Moorea in un bungalow dove dovevo farmi da mangiare; nella seconda parte del viaggio, invece, avevo deciso di soggiornare in un hotel di super lusso costruito su un'isoletta di fronte a Bora Bora.

A dire la verità, inizialmente avevo pensato di approfittare dell'occasione per visitare più posti, ma ora che ero davvero a Tahiti, avevo perso quel bisogno frenetico di dover vedere tutto ed ero contenta così.

Guardavo il mare con la testa fra le nuvole e il tempo scorreva veloce. E osservando dopo tanti anni il grande mare mi era tornato alla memoria quel periodo che avevo trascorso vicino alle sue rive, una sensazione che mi riempiva di felicità.

I miei genitori avevano divorziato quando avevo undici anni.

Mio padre aveva trovato un'altra donna e se n'era andato

di casa. Fino a quel momento aveva lavorato sodo come cuoco ed era stato la colonna portante della famiglia. Avevamo vissuto senza particolari problemi gestendo una piccola trattoria in una località turistica di mare.

Era stato un colpo di scena che aveva lasciato tutti senza parole, le più stupite però eravamo noi che eravamo state piantate in asso. Sul conto di mio padre non avevo più avuto notizie per cui non saprei dire con precisione, ma immagino che anche lui non riuscisse a credere a quello che aveva fatto, talmente veloci erano stati gli sviluppi della vicenda. Insomma lo stupore era stato tale che non c'era stato neanche il tempo di rattristarsi.

Mia madre poi non era certo il tipo da inseguirlo o da aspettare che tornasse. Al contrario, per cominciare una nuova vita, aveva chiesto alla nonna – che era vedova – di venire a vivere con noi nella catapecchia dove avevamo sempre vissuto. E nonostante papà non ci fosse più, aveva deciso di continuare a gestire la trattoria sul retro della casa. Nella stagione morta, poi, andava a lavorare in una pensione di proprietà di alcuni parenti.

Forse grazie a quella reazione così immediata, la nostra vita era diventata ancora più regolare: andavamo d'accordo, ci aiutavamo a vicenda e vivevamo strette le une alle altre come uccellini in un nido.

Ho trascorso l'adolescenza lavorando nella trattoria e occupandomi delle faccende di casa insieme alla nonna.

Avevo un bel rapporto sia con lei che con la mamma per cui la cosa non mi aveva mai pesato, non era nient'altro che la mia realtà. D'estate poi trovavo quasi tutti i giorni il tempo per farmi una nuotata o per andare a pescare, per fare amicizia con i turisti e per vivere con loro tristi storie d'amore che regolarmente si concludevano alla fine della stagione. A scuola non facevo altro che dormire, motivo per cui prendevo sempre pessimi voti. Inoltre avevo degli amici che venivano ad aiutarci nei momenti di maggiore lavoro, insomma tra una cosa e l'altra le mie giornate trascorrevano in un modo molto intenso e divertente al tempo stesso.

E facendo quella vita, tutt'a un tratto mi ero ritrovata ad avere quell'età cosiddetta "adulta".

Il mio desiderio era di andarmene di casa, di provare a vivere da sola in un'altra città lontano dalla mia famiglia, e così, poco dopo aver finito il liceo, contemporaneamente alla decisione di mia madre di chiudere la trattoria, mi ero trasferita a Tōkyō.

L'impiego al ristorante tahitiano l'avevo trovato praticamente subito dopo il mio arrivo nella capitale.

Si trovava in un quartiere residenziale dove non c'era niente, non era vicino a nessuna stazione e si chiamava Arcobaleno.

Era un edificio a due piani costruito a una notevole – e dunque preziosa – distanza dalle case limitrofe, su un terreno appartenente al proprietario. La scritta dell'insegna era molto piccola ed era sovrastata da un dipinto con un arcobaleno. A prima vista poteva sembrare una semplice abitazione; una volta dentro invece ci si imbatteva in uno spazio molto ampio e si aveva l'impressione di entrare in un altro mondo.

Subito dopo l'ingresso c'era un bar con un enorme bancone, tanto che la sera c'erano molti clienti che venivano anche soltanto per bere qualcosa. Venivano serviti cocktail tropicali, tutti i tipi di vini francesi e pure la birra Hinano alla spina.

Quanto alla cucina, poi, a volte venivano apposta chef da Tahiti, altre invece alcuni dei nostri andavano a fare apprendistato laggiù, nel ristorante della casa madre. La qualità veniva mantenuta altissima grazie al pesce acquistato quotidianamente al mercato di Tsukiji e i piatti erano quelli autentici della cucina tradizionale tahitiana, difficili da trovare altrove. Lampuga al vapore avvolta in foglie di taro, curry delicato servito con salsa di gamberi, filetti di tonno crudo conditi con limetta e latte di cocco. Come spuntini

19

poi era possibile ordinare sandwich Croque-monsieur e Croque-madame, ma anche semplici patatine fritte. Chiaramente la gamma dei dolci era molto varia: spaziava da quelli europei alla frutta fritta.

Ogni tanto venivano a esibirsi nel locale dei ballerini tahitiani, si tenevano concerti di musica tradizionale, si impartivano lezioni di cucina... insomma l'Arcobaleno era un ristorante impegnato a tutto campo nella diffusione della cultura tahitiana.

La varietà del menù poi lo rendeva accessibile a tutte le tasche, tanto da diventare un locale alla moda per i palati più raffinati, ma anche per la clientela meno esigente che perlopiù viveva nelle vicinanze. Venivano davvero le persone più disparate: rappresentanti del governo polinesiano in visita di piacere, musicisti, studenti di danza tahitiana, o gente che in passato aveva vissuto laggiù.

Oltre al proprietario, nel ristorante c'era anche un direttore, un uomo sulla cinquantina che – neanche a farlo apposta – anni prima aveva vissuto a Tahiti. Infatti, era lì che i due si erano conosciuti. Io dipendevo direttamente da lui: era una persona all'antica, molto serio e leale, raffinato e innamoratissimo della moglie. Sempre presente nel locale, era in grado di occuparsi di qualsiasi cosa. E io provavo una grandissima ammirazione per lui.

Il proprietario dell'Arcobaleno si era trasferito a Tahiti ancora ventenne, ma non con l'intento di fare apprendistato per aprire un ristorante. C'era andato così, senza un motivo particolare, e si era ritrovato a lavorare nel locale dove andava a mangiare ogni giorno. Soltanto verso la fine della permanenza e dopo essere diventato amico dei gestori, aveva deciso di metterne in piedi uno tutto suo. Come dicevo, lui e il mio direttore si conoscevano da allora ed erano buoni amici. Era stata anche quella naturalezza con cui gli eventi si erano susseguiti uno dei motivi principali per cui avevo cominciato a lavorare all'Arcobaleno.

Avevo scoperto questo locale leggendo su una rivista un articolo dedicato al proprietario, quando ancora vivevo al mio paese.

Nelle foto il proprietario era ancora giovane e pieno di vitalità. Argomento dell'intervista erano i metodi personali di rilassamento: lui rispondeva alle domande con un'espressione allegra, quasi brillante. Anziché gli entusiasmi esasperati o i noiosi fanatismi dei patiti di Tahiti, dalle sue parole traspariva una felicità equilibrata. "Quando mi sento stanco vado a Tahiti, incontro gli amici e mi faccio delle belle nuotate in santa pace. Poi penso: *ah, se anche a Tōkyō riuscissi a ricreare almeno un poco di quest'atmosfera*, e così trovo la forza per andare avanti con il mio ristorante."

Nell'articolo c'erano anche le foto del locale. Uno spazio molto confortevole con grandi finestre alle pareti e sul soffitto, pochi posti a sedere e tavoli di legno massiccio. Sulla terrazza, poi, in fila come fiori, c'erano robusti ombrelloni di tessuto molto spesso. Il centro del ristorante invece era pieno di piante rigogliose e fiori curati con grande attenzione.

Durante le mie visite a Tōkyō ero andata spesso a mangiare all'Arcobaleno, innamorandomi sempre più di quella "creazione" naturale, seppure studiata, completamente differente da qualsiasi altro locale della capitale.

Mi risultava davvero impossibile capire gli abitanti della metropoli con i loro comportamenti affannosi, pieni di bramosia e incuranti dello scorrere naturale del tempo, dove tutto deve per forza essere remunerato. All'inizio li osservavo incuriosita con gli occhi di chi viene dalla provincia, pensando che fosse una reazione normale in un luogo dove il costo della terra raggiunge cifre esorbitanti.

La gente di Tōkyō mi sembrava complessa, e forse perché nella nostra trattoria venivano quasi esclusivamente turisti dalla capitale, la mamma e la nonna erano a grandi linee d'accordo con me. *Complicano apposta le cose e sembra che siano ossessionati dalla ricerca del divertimento*, commentavamo tra noi. Osservavamo i vari drammi inventati come se non ci riguardassero, dandoci spiegazioni del tipo: *sarà perché vivono lontani dalla natura e hanno un bisogno estremo di denaro*.

Avevo perfino l'impressione che alcune gentilezze, come per esempio alzarsi e fare il piacere di prendere qualcosa a qualcuno, a Tōkyō venissero fatte soltanto dopo aver valutato se era possibile trarne qualche vantaggio.

Perlomeno al mio paese, per quanto uno fosse ricco, non era possibile scaldare l'acqua gelida del mare o far sì che i turisti venissero anche nelle estati di freddo anomalo.

Persino i nuovi e sfavillanti complessi alberghieri costruiti con grandi capitali per attirare frotte di turisti, se amministrati senza lungimiranza e con l'unico scopo di racimolare denaro, anziché "essere gestiti" con amore, ben presto fallivano. Senza una forza in grado di opporsi a quella della natura, la terra finiva con il corroderli e schiacciarli a poco a poco. Dal mio posto di osservazione mi ero accorta che non erano gli esseri umani a provocarne il fallimento. Anche se all'inizio gli affari andavano a gonfie vele, tutt'a un tratto quegli alberghi si trasformavano in luoghi da cui i turisti si tenevano alla larga. Era la terra a prendersela con i proprietari che non le andavano a genio, emanando una luce che allontanava i clienti. Tuttavia, se in quegli stessi alberghi lavorava anche una sola persona con un'energia che rimaneva impressa sia alla terra che ai clienti, il risultato era addirittura sorprendente, al punto da superare difficoltà come il maltempo o la recessione.

Negli anni ero stata testimone di quei fenomeni e ogni volta pensavo che *tutto sommato, le azioni di noi uomini dei tempi moderni non sono poi tanto cambiate da quelle degli uomini primitivi*.

Se il primo occupante di una terra instaura – ad esempio attraverso la preghiera – un rapporto di armonia con gli spiriti del posto, allora questi prendono a richiamare altre persone che, affascinate dal loro predecessore, si stringono in una collaborazione che alla fine porta buoni frutti. Anche la terra gioisce e ne trae giovamento. Se invece manca la forza della terra o degli umani, non è possibile raggiungere il successo. Ero convinta che noi uomini moderni facessimo le stesse cose del passato. Non ne eravamo coscienti solo perché non era possibile seguirne i risultati che arrivavano cent'anni dopo e perché gli spazi da gestire erano diventati molto più grandi, ma nulla era cambiato, ne ero certa.

Spesso avevo visto costruire edifici nuovi al posto di quelli vecchi. Dapprima comparivano le macerie, dopodiché l'area veniva ripulita, la terra tornava a vedere la luce e su quella veniva edificata la costruzione successiva. Era la sequenza che si ripeteva ogni volta. Ed era per questo che il paesaggio urbano delle zone turistiche, sovrapponendo una all'altra le varie immagini del passato, acquistava uno strano spessore, sempre più suggestivo.

Da mia madre e da mia nonna avevo imparato che in quel mondo era importante cercare di mantenere uno stile di vita parco e rispettoso dei limiti del proprio corpo, dove – affidandosi alla natura – si trova sempre il modo per barcamenarsi, dove tirare la cinghia o spassarsela a seconda del periodo, ma soprattutto dove trascorrere momenti a misura d'uomo.

Nella trattoria, aperta in origine dai miei nonni, mia madre aveva cominciato a dare una mano e mio padre poi, dopo essere stato al suo fianco per un po', era diventato il cuoco... In quel paesino in riva al mare, fino al giorno in cui la mamma aveva deciso di chiuderla, la nostra piccola trattoria, anche senza portare guadagni strepitosi, era rimasta aperta per quasi cinquant'anni.

Avevamo clienti che dicevano di sentirsi appagati soltanto dal viso della nonna, altri che andavano pazzi per il pesce bollito di mia madre, altri ancora che venivano apposta per mangiare il nostro sauro crudo appena pescato, oltre a qualcuno che voleva fare colpo su di me, la "ragazza immagine" del locale. Sebbene l'edificio fosse malandato, l'interno era molto pulito e accogliente. Qualche nostalgico diceva di riuscire a dimenticarsi dello stress, e alcune famiglie avevano preso l'abitudine di farci visita almeno una volta durante il soggiorno estivo. Una sera si era presentata addirittura una giovane coppia dicendo di essere venuta perché il loro nonno defunto aveva parlato molto bene della nostra cucina. Una dopo l'altra, con il tempo si erano depositate patine sottili sul locale, tanto da conferirgli un certo spessore.

Per una persona come me, abituata a rilassarmi guardando il mare ogni volta che mi sentivo stressata, la vita a Tōkyō senza una spiaggia vicina non era semplice, ma grazie al mio lavoro tutto sommato riuscivo a mantenermi serena.

Nella mia semplicità, da quando mi ero trasferita nella capitale e avevo cominciato a lavorare all'Arcobaleno, non mi era mai capitato di sentirmi depressa. Anche quei quesiti infantili che all'inizio mi infastidivano (*Non staremo forse lesinando un po' troppo sugli acquisti all'ingrosso? Ai clienti non sembrerà che ostentiamo un lusso eccessivo?*) erano svaniti subito dopo aver constatato quanto fosse variegata la clientela e aver visto di persona le fatture delle spese. *Già, qui siamo a Tōkyō, la provincia è un'altra cosa*, avevo dovuto rendermene conto. Ero arrivata a pensare addirittura che, nonostante qui si agisse su una scala di altre proporzioni, il metodo di gestione di per sé non differisse più di tanto da quello di mia madre e della nonna. A stare in quel locale gestito dal proprietario con passione e grande attenzione per la qualità, avevo capito che nulla succedeva per caso.

Seguendo il giusto ordine delle cose, qualche volta nascevano dei problemi ed era bello appianare tutti insieme gli attriti più o meno forti che talvolta si creavano. Quel ristorante era per me una scuola di vita e avevo l'impressione che i miei colleghi fossero compagni di classe. Mi sembrava che il tempo scorresse lento in quello spazio pulito, aperto e arieggiato, dove lavorare sodo non pesava affatto.

La sera, sul tardi, dalle finestre sul soffitto entrava il chiaro di luna e l'ambiente diventava ancora più bello per il riflesso delle candele accese sui tavoli in terrazza. Inoltre si godeva la brezza notturna che soffiava con un impeto tale da far pensare di non essere in città.

Ogni sera, quando arrivava quell'ora magica, provavo un'emozione nuova e regolarmente sussurravo: *ah, che bello! Come mi piace!*

All'atmosfera tersa dei giorni di sereno, a quella sfocata dei giorni di pioggia, a quella pacata dei giorni di nuvolo, si univa quella luce soffusa che faceva brillare ogni cosa in modo speciale. E l'interno dell'Arcobaleno diventava come un cielo stellato.

Mi ero abituata subito al nuovo lavoro, anche perché avevo sempre aiutato nella trattoria di famiglia. Nel giro di qualche anno, poi, ero stata promossa al servizio ai tavoli ed ero diventata davvero brava. Molti miei colleghi avevano lasciato il lavoro per i motivi più disparati. Io ero rimasta.

La nonna era morta di un'emorragia cerebrale quando avevo ventidue anni e così la mamma si era ritrovata sola. Un anno fa, poi, anche lei se n'era andata all'improvviso per colpa di un infarto.

Nel tempo libero, nettamente aumentato dopo la chiusura della trattoria, aveva conosciuto un uomo presentatole da un conoscente. Ma purtroppo era morta subito dopo che si era sparsa la voce che forse si sarebbe risposata.

Nell'ultimo periodo sembrava ringiovanita, la pelle aveva riacquistato lucentezza, si curava molto e mi chiedeva spesso di comprarle degli abiti alla moda a Tōkyō. Era una gioia per me vederla godersi la vita, rifiorita dopo molti anni e senza più pesi sulle spalle, anche se la prendevo in giro dicendole che aveva preso un'aria un po' troppo maliziosa per i miei gusti.

La cosa che più mi rattristò non fu tanto vederla adagiata nella bara, bensì trovare sullo schienale di una sedia nella sua camera ormai vuota una gonna e una maglia che le avevo appena comprato ai grandi magazzini, un pomeriggio di qualche giorno prima. Una scelta sofferta, conclusasi dopo averla chiamata col cellulare un'infinità di volte. "Le vuoi viola, oppure nere?" "Le preferisci a righe o a tinta unita?" E così ci eravamo scambiate battute di spirito, telefonata dopo telefonata.

Prima della sua morte non mi ero accorta della gioia che avevo provato quel pomeriggio nel reparto di abbigliamento per signora, di quanto fossero importanti anche cose così frivole.

"Che peso che sei! Non crederai che ti trovi esattamente quello che hai in testa, vero? Fidati di me, ti prendo il completo più simile a quello che mi hai descritto. Adesso chiudo, ciao!" Il lusso di aver concluso la conversazione con il sorriso sulle labbra, quando vidi quella maglia abbandonata nella casa vuota, mi oppresse con forza il petto impedendomi di respirare.

Provai ad avvicinarmi e sentii che la maglia era ancora intrisa della fragranza del suo profumo a buon mercato.

In quel momento, la maglia ben avvolta con cui avevo viaggiato in Shinkansen e grazie alla quale avevo ricevuto sorrisi, gioia e parole di ringraziamento, mi apparve inerte come un cane abbandonato.

Ormai non potrò più ridere così. E non potrò più nemmeno telefonare a qualcuno di cui mi fido ciecamente, qualcuno che mi accetta in tutto e per tutto. Intorno a me non restano che estranei.

Lo dissi a me stessa, risoluta come se prendessi una decisione. E tutta quella situazione mi sembrò appartenere a un'altra persona.

Conservavo tuttavia dei ricordi felici. Un'infinità di momenti dolorosi, che col tempo però sarebbero lievitati dentro di me con grande delicatezza. Anche l'episodio del grande magazzino che lì per lì trovavo angosciante, prima o poi avrebbe emanato un bagliore prezioso, pallido come quello di una perla. Arrivai a questa conclusione e per la prima volta il viso mi si rigò di lacrime.

Chissà quando succederà? Verrà mai quel giorno? Temevo che fosse ancora lontano, che mancasse un'eternità.

In quell'occasione, la commessa aveva impacchettato per bene la maglia e la gonna che avevo comprato e con il sorriso sulle labbra aveva commentato: "Vedrà che questa fantasia starà benissimo a sua madre!".

Il significato di quel regalo confezionato con un bellissimo fiocco non era certo qualcosa di materiale, bensì la volontà di rinchiudere con cura dei momenti felici all'interno di un oggetto. Una preghiera per continuare a credere che non ci sarebbe mai stata una fine.

Tormentata da questi pensieri, affondai il viso nella maglia e continuai a piangere.

So che non bisognerebbe dirselo da soli, eppure il mio servizio ai tavoli era impeccabile ed ero un'ottima direttrice di sala. Tuttavia, qualche tempo dopo la morte della mamma, all'improvviso sentii come se si fosse spezzato il filo che mi aveva permesso di darmi da fare durante la mia lunga permanenza a Tōkyō.

Mi rendevo conto di aver perso l'entusiasmo, di notte non riuscivo più a dormire, tanto che mi ero sentita male anche al ristorante. E non una sola volta, ma addirittura tre. Quando il ritmo di lavoro era più intenso e dovevo stare in piedi per ore senza mangiare niente, mi era successo di perdere i sensi per qualche istante.

La prima volta mi avevano portata all'ospedale e mi avevano fatto una flebo. La diagnosi era stata "affaticamento per eccesso di lavoro", eppure io sapevo che si trattava di qual-

27

cosa di psicologico. Ero preoccupata perché mi succedeva all'improvviso: mentre lavoravo, tutt'a un tratto mi si annebbiava la vista e cadevo a terra. Il medico mi aveva prescritto dei farmaci, consigliandomi di stare a riposo, e per un certo periodo ero anche stata in analisi.

Il direttore del ristorante, dopo aver parlato con il proprietario, mi aveva proposto di lavorare per un po' nella nuova ditta di catering che di lì a poco sarebbe stata fondata.

Si trattava di una nuova attività intrapresa dalla moglie, una donna manager piena di iniziative. La ditta avrebbe servito a domicilio, a party o a riunioni di media grandezza, piatti della cucina tahitiana rielaborati alla francese e cocktail tropicali. La sua offerta non prevedeva certo di trasportare le vettovaglie, bensì di lavorare in ufficio, organizzando il lavoro in base al calendario degli impegni. A seconda dei punti di vista, la si sarebbe potuta interpretare come una promozione.

Immaginai che il direttore avesse supposto che, stanca fisicamente e psicologicamente com'ero, volessi lasciare il servizio in sala e pertanto trovai la proposta davvero gentile.

Tuttavia la cosa che preferivo era lavorare nel ristorante. Forse non ero la cameriera più affabile in assoluto, ma adoravo il contatto con la gente, non vedevo l'ora che arrivassero i clienti, e alcuni di loro erano ormai degli habitué con i quali avevo instaurato un rapporto cordiale.

"Se possibile, preferirei non cambiare" avevo risposto in tutta sincerità al direttore. Con il carattere serio e cocciuto che mi ritrovo, in più di un'occasione in passato gli avevo espresso la mia opinione su questioni di lavoro, ma quella era la prima volta che mi impuntavo su qualcosa che mi riguardava direttamente, tanto che sudai freddo. Proprio non ero riuscita a tacere, strinsi forte le mani e, come se stessi recitando, dissi con un filo di voce:

"Mi dispiace molto non poter accettare la sua cortesia. Non sono convinta della sua proposta perché so che nella segreteria di una ditta di catering non riuscirei a mettere a frutto il know-how appreso finora. Per di più è un tipo di lavoro che non mi interessa. Pertanto, se non dovessi avere alternative, credo che probabilmente rassegnerei le mie dimissioni".

Le mille emozioni che mi affollavano l'animo mi fecero parlare in modo davvero brusco. In quel momento me la presi con me stessa, con il mio brutto carattere.

Nonostante ci fossero svariati punti che avrei potuto toccare, dal piacere che provavo per quel lavoro, alla gratitudine nei suoi confronti, o ancora al mio attaccamento per il ristorante, non ero riuscita a dire niente del genere.

Il direttore mi aveva ascoltata in silenzio con il volto stupito, e io, sollevata per il semplice fatto di essere riuscita a parlare, attendevo una sua reazione.

La risposta arrivò qualche giorno dopo, quando mi disse:

"Ho parlato con il proprietario, e visto come stanno le cose, abbiamo deciso di lasciare perdere il tuo trasferimento alla ditta di catering. Di solito da noi i capricci dei dipendenti non vengono assecondati, questa volta però sia io che lui ti capiamo perché sappiamo entrambi con quanta dedizione ti sei dedicata al lavoro. A parte questo, però, sempre che ti piacciano gli animali domestici, vorresti occuparti per un po' degli animali del padrone e magari fare qualche lavoretto a casa sua? In parole povere, non ti andrebbe di diventare la sua governante per qualche tempo?".

Ero preparata a tutta una serie di possibilità, ma quando sentii quella proposta rimasi senza parole. Si era trattato di uno sviluppo davvero inimmaginabile.

A casa del proprietario, la moglie stava portando a termine la sua prima gravidanza. E proprio in quel momento, la governante che per anni aveva lavorato per loro si era licenziata. La sostituta, un'altra veterana che la stessa aveva raccomandato, era già stata assunta, ma essendole nato un nipote aveva chiesto un periodo di ferie e adesso si trovava all'estero. Il direttore mi disse pertanto che io avrei dovuto coprire soltanto quel breve periodo di transizione e che sarebbe stato sufficiente che mi occupassi della casa alla bell'e meglio.

Avevo sia i soldi che mi aveva lasciato mia madre sia i risparmi che poco per volta avevo messo da parte, ed ero sicura che, se fossi riuscita a far riposare il corpo e la mente per un mesetto, poi sarei stata in grado di tornare al lavoro in perfetta forma. Certo, mi spaventava il fatto che il periodo di riposo potesse protrarsi più del previsto perché sapevo che, se per caso fossero stati sostituiti tutti i camerieri di sala, poi sarebbe stato più duro riprendere.

Dentro di me feci un rapido calcolo.

Se avessi lavorato a casa del proprietario, il giudizio sul mio conto, suo e della moglie, sarebbe di sicuro migliorato, avrei potuto corrispondere alla gentilezza del direttore e il mio fisico non si sarebbe lasciato andare del tutto. Tutto sommato, se volevo continuare a lavorare all'Arcobaleno, di alternative non ne avevo poi molte. Gli animali mi piacevano, ed ero pure brava a fare le pulizie di casa, lo scotto da pagare non era poi così alto.

"Accetto volentieri" risposi. Cinque giorni alla settimana, pulizie della casa e cura degli animali, manutenzione del giardino e acquisti per la casa, queste erano le incombenze del mio nuovo incarico. Chiesi al direttore di concedermi di tornare a lavorare al ristorante non appena la nuova governante fosse stata in grado di riprendere servizio e lui accettò di buon grado.

Mi ripromisi di lavorare sodo e di ritornare alla svelta al mio vero lavoro, e con il sorriso sulle labbra mi accinsi a intraprendere la mia inaspettata carriera di collaboratrice domestica.

Travolta dal succedersi degli eventi, avevo cominciato a capire come stavano le cose, quello che avevo provato, soltanto una settimana prima, dopo essere arrivata nel bungalow di Moorea.

Mi stupii della mia lentezza.

Sino a quel momento il mio modo di vedere le cose cambiava ogni giorno, le idee si confondevano e non riuscivo a fare luce sulla situazione, come se mi trovassi nel bel mezzo di una tempesta.

Dovetti riconoscere che quello che da sempre mi dicevano amici e parenti era vero, e cioè che ero ottusa, lenta ad accorgermi delle cose. Nonostante il mio impegno nell'osservare quello che mi accadeva intorno, per arrivare a capire che cosa ne pensassi mi ci voleva tempo.

Dopo il lungo viaggio dal Giappone, avevo preso un volo nazionale con un piccolissimo aeromobile ed ero arrivata nel minuscolo aeroporto di Moorea, ma anche allora non riuscivo a capire se ero depressa oppure stanca, se trovassi quel viaggio divertente o soltanto una scocciatura.

Nonostante il mio corpo fosse completamente esposto ai raggi del sole di quell'isola del Sud, non provavo nulla.

Non riuscivo a credere che potesse succedermi una cosa del genere. Fu come uno shock: tutto sommato fino a quel momento, per quanto stanca, per quanta tensione avvertissi nelle spalle, per quanto mi si gonfiassero i piedi e mi facessero male, mi bastava tornare al mio paesino, arrivare sulla spiaggia e stendermi al sole, per sentirmi ricaricata. Adesso invece avevo l'impressione di osservare il mondo dall'interno di una scatola e anche la bellezza e la luce vigorosa che avevo davanti agli occhi mi sembravano qualcosa di remoto.

All'aeroporto c'era un sacco di galline e di pulcini che se ne andavano in giro zampettando con i loro delicati pigolii. Ordinai una bevanda fredda mai vista prima e la bevvi avidamente seduta su una sedia rigidissima. Quando sentii quel liquido freddo diffondersi nello stomaco ormai intorpidito dal calo di zuccheri, per la prima volta fui felice di vedere la luce di quell'isola.

A ben notare, ogni cosa ardeva di vitalità. Sia le piante che gli uomini avevano radici ben salde nel suolo. Dopodiché qualcuno cominciò a suonare un piccolo *ukulele*. Finalmente mi resi conto di essere in Polinesia e quel suono fresco si diffuse con piacere all'interno del mio corpo esattamente come la bevanda di poco prima. Mi accorsi che anche la tensione che fino ad allora mi ero portata appresso stava dileguandosi piano piano.

I bungalow dove mi portò l'autista che era venuto a prendermi all'aeroporto erano fatiscenti, qualcuno addirittura semidistrutto, tuttavia trasmettevano un senso di libertà simile a quello della casa dei miei, tanto che mi sentii subito a mio agio.

Dopo essermi registrata, mi appisolai un poco sul letto. Quando aprii gli occhi era quasi sera, così decisi di andare subito in spiaggia a vedere il tramonto.

Con indosso un vecchissimo prendisole che portavo dai tempi delle superiori, camminai canticchiando lungo la spiaggia fino a un punto da cui si poteva vedere il sole. Pensavo: *finalmente il mare, il mio amato mare.*

I piedi affondavano nella sabbia ed era difficile camminare, ma la sensazione che il mare fosse lì vicino, ondeggiante nel silenzio, era decisamente più piacevole di tutto il resto.

Le onde si frangevano sulla battigia per poi ritirarsi furtive, mentre la luce del tramonto piano piano riempiva il cielo opaco, coperto di nuvole. Il sole in mezzo alle nubi era circondato da un alone arancio fosforescente ed era sul punto di sprofondare nel mare.

Poco alla volta la brezza si fece più fresca e il cielo a oriente divenne più scuro.

Sentivo i rumori della gente che cominciava a preparare la cena. Mettevano in fila le sedie sotto il tavolo, scaldavano qualcosa in padella oppure uscivano sul porticato a bersi una birra.

Distinsi anche le grida allegre di bambini sotto la doccia. Nel ristorante vicino alla reception, poi, in quei momenti di frenesia che precedono l'apertura, nelle cucine si lavorava con zelo, mentre nella penombra del locale i camerieri si muovevano veloci, quasi volando, per ultimare i preparativi.

Beati loro, mi venne da pensare osservandoli. *Vorrei essere anch'io lì con loro.*

Capii chiaramente a cosa mi stavo aggrappando in quel periodo. Era quello che mi aveva insegnato mia madre... per continuare a vivere, bisognava lavorare con serenità e procedere per la propria strada facendo attenzione a dove mettere i piedi per non restare coinvolti in questioni intricate. E ciò senza dimenticare le emozioni e la gioia di cui la vita di tutti i giorni e la forza della natura ci facevano dono... Ostinata, mi stavo aggrappando a quella filosofia ignorando il resto, ed era per quello che non riuscivo a vedere nient'altro. Così facendo, per colpa della mia cocciutaggine, avevo dato un taglio netto a tutte le cose che per loro natura erano delicate, persino alla mia indole magnanima e umana.

Dopo aver perso per sempre la voce di mia madre che risuonava dall'altro capo del telefono, avevo deciso di non dipendere più da niente, finendo col recidere volontariamente i legami con il mondo che mi circondava. Dura come una pietra, durissima, aspettavo che il tempo scorresse. Qualunque fossero le cose da cui venivo travolta, non mi sforzavo di ritrovarvi la verità.

Forse non sarei più stata in grado di lavorare come una volta assieme al mio direttore e ai miei colleghi che tanto mi avevano tenuta in considerazione; con loro all'improvviso avevo tagliato i ponti in un modo molto strano.

Quei ragazzini che giorno dopo giorno avevano lavorato al mio fianco portandomi rispetto, quegli stessi che con tutte le forze mi avevano chiamata quando ero stata male, che mi avevano portata all'ospedale ed erano rimasti al mio capezzale... In quel frangente avevo pensato che, se non mi fossi presa un periodo di riposo, avrei finito con l'essere di peso, ma quando me n'ero accorta gli sviluppi mi avevano ormai portata molto lontano dal ristorante, come una corrente marina.

La grande, ma delicata, forza della natura di Moorea, con la sua onnipresenza irreale per un istante mi aveva fatto vedere le cose dall'alto. Osservai il mio piccolo corpo e con queste orecchie sentii una triste preghiera raggiungere il cielo.

La luce del tramonto che tremolava in lontananza, il mare che ondeggiava come un tessuto delicato, il vento che scompigliava i capelli, tutto era in movimento eppure imperava una calma assoluta.

Ebbi l'impressione di essere tornata quella di un tempo quando lavoravo con più passione di chiunque altro, quando dopo il lavoro andavo a bere con i colleghi anche se mi sentivo le gambe a pezzi e tra una stupidaggine e l'altra dicevo: "Anche oggi mi sono divertita!", e l'indomani mi svegliavo fresca come se niente fosse stato.

Quelle considerazioni mi riempivano di soddisfazione, come onde di acqua tiepida.

La questione non riguardava soltanto l'Arcobaleno e il tipo di lavoro che volevo o non volevo fare, la mia vocazione era stare in un ristorante a stretto contatto con i clienti.

I rumori dei piatti che arrivavano dai bungalow mi rendevano ancora più sentimentale.

"Ah, che voglia di tornare all'Arcobaleno!" dissi a voce alta con una nostalgia sempre più forte.

A quell'ora del giorno mi davo una sferzata d'energia per superare la stanchezza e timbravo il cartellino. Qualcuno scherzava, oppure mi faceva il resoconto dettagliato dell'appuntamento galante della sera precedente, di chi era andato a letto con chi, del direttore che forse aveva litigato con la moglie, altre volte invece me la prendevo con chi era sempre in ritardo e così la stanchezza se ne andava. Facevano tutti affidamento su di me, che si trattasse di far brillare calici o di disporre per bene i tovaglioli, piuttosto che di ordinare a qualcuno di prendere altre bevande in magazzino, e anche il rapporto con i clienti affezionati fatto di conversazioni a volte formali era divertente, sebbene non fosse altro che banale routine. Quando il locale era pieno bisognava dare il meglio di sé, se non c'era nessuno invece si metteva tutto in un ordine perfetto, impossibile da realizzare in altri momenti, e a turno si mangiavano i piatti elaborati che ci preparavano in cucina. Dopo il lavoro andavamo a bere un bicchierino insieme, ci scambiavamo confidenze, facevamo la strada insieme, ci salutavamo con la mano e il sorriso sulle labbra, per poi addormentarci subito per la stanchezza e risvegliarci nelle prime ore del pomeriggio. Guardavo distratta la tivù preparandomi un caffè e pensavo ai clienti che avevano prenotato per la sera. E ogni volta riflettevo su chi dello staff sarebbe stato utile al tavolo di un determinato gruppo anziché di un altro. Anche con i ragazzi che non mi andavano tanto a genio, una volta che ci lavoravo insieme, nasceva sempre una forma di cameratismo tanto che poi era triste se per caso decidevano di andarsene. Intorno a me avevo sempre avuto mani premurose, piccole gentilezze tipiche di quegli ambienti di lavoro dove ci si muove in continuazione anche senza avere pensieri profondi. L'Arcobaleno tracimava di quelle semplici felicità.

Il rumore delle onde continuava a risuonarmi nelle orecchie, mentre gli uccelli tornavano ai loro nidi attraversando il cielo.

In quel periodo un momento ero ottimista, il momento dopo avevo il cuore colmo di disperazione. La confusione si prendeva gioco dei miei pensieri con ondate violente. L'unica cosa certa da sempre era quello che volevo fare nella vita: lavorare in un ristorante. Sapevo che, se non mi fosse crollata quella certezza, in un modo o nell'altro una soluzione l'avrei trovata. Così almeno mi sembrava. Così mi faceva pensare l'energia che mi trasmettevano il viaggio e la vista del mare.

Mi girai e vidi una cameriera del ristorante che dall'angolo della sala stava facendo il giro per disporre le tovaglie sui tavoli, e sopra di queste le candele e i cestini del pane.

Quei movimenti pronti e decisi resero più concreta la sera che stava scendendo da dietro le montagne.

In quel momento finalmente riuscii a trasformarmi dal fantasma che continuava a vagare per la sala dell'Arcobaleno a una turista che doveva decidere cosa mangiare per cena. Le sagome delle cameriere che di lì a poco sarebbero scomparse nell'oscurità mi apparvero preziose, più chiare di qualsiasi altra cosa.

Appartenevamo alla stessa categoria di persone, eravamo compagne al di là delle diversità nazionali.

Sebbene cenassi sempre fuori, al mattino mi ero proposta di prepararmi la colazione da sola, nella cucina del mio bungalow, e così una sera, con la macchina che avevo noleggiato, andai al supermercato della zona a comprare acqua, pane eccetera. Nel frattempo si era fatto tardi e mi era venuta una fame da lupi, tanto che decisi di mangiare in un ristorante dall'aspetto invitante che si trovava lì vicino.

Parcheggiai l'auto, mi guardai intorno e notai una piccola gioielleria appena prima del ristorante. All'interno il gioco di riflessi delle luci contro le vetrine faceva brillare tutto quanto.

Senza un motivo particolare entrai nel negozio e cominciai a dare un'occhiata. Perle dalla forma e dalla lucentezza più disparate, alcune adagiate in conchiglie di madreperla, figlie del mare cresciute poco alla volta. Splendidi frammenti d'anima, estirpati dai molluschi.

In aereo, all'andata, avevo visto le hostess indossare delle perle nere che mettevano molto in risalto le carnagioni olivastre. Avevo pensato che, se durante quella vacanza mi fossi abbronzata come loro, mi sarebbe piaciuto averle anch'io. Mentre osservavo la vetrinetta degli orecchini però all'improvviso mi sentii disorientata.

E perché mai? Scossi il capo: erano talmente belle e splendenti che proprio non capivo perché mai dovessi provare quella strana sensazione.

A me succede sempre così. Quando mi accorgo delle mie emozioni, all'inizio non riesco mai a mettere a fuoco la situazione. Solo dopo che la confusione si è trasformata in immagini, allora tutto mi appare chiaro. Non si tratta di stupidità, ma della prova che il mio animo non è corrotto, una cosa di cui vado addirittura orgogliosa. Il trucco sta nell'abbandonarmi al torpore fintanto che non prendo coscienza, attendendo senza scuotermi di risvegliarmi spontaneamente. Solo quello che emerge in quel momento rappresenta la mia verità.

Le perle ordinate in fila su un tessuto bianco erano montate in vari modi.

All'improvviso mi ricordai del décolleté di una persona. Di un collo candido esibito sempre sotto a maglie con una profonda scollatura a V. Di una sottile catena d'oro splendente e di un'enorme perla nera.

Ah, è vero, il pendente della collana che porta sempre la mo-glie del proprietario del ristorante è una perla nera. Era di sicuro un regalo del marito. E il fatto che lo ricordassi come una cosa così spiacevole testimoniava l'incompatibilità che in effetti esisteva tra me e lei. In quell'istante capii chiaramente quanto l'odiassi. Quanto grandi fossero la gelosia e l'angoscia che avevo sofferto per colpa sua.

Lo pensai con una punta di malinconia.

Continuando a ripetermi che non era giusto arrivare a odiare degli oggetti così belli per un motivo del genere, mi comprai un paio di orecchini con delle piccole perle nere irregolari e, davanti allo specchio, li infilai immediatamente. Mi sarebbero stati ancora meglio se durante le vacanze mi fossi abbronzata ancora un poco. E a quel pensiero, la mia immagine negativa delle perle si librò nell'aria e uscì dal negozio svolazzando come una farfalla che sparisce nella notte.

Quando mi avevano presentato per la prima volta la padrona della casa, ossia la moglie del proprietario, non mi era sembrata di certo una persona affabile. Già dal primo incontro avevo pensato che, essendo noi due persone completamente diverse, non saremmo mai potute andare d'accordo.

Era una bella donna, a prima vista un po' nervosa, sulla quarantina, di buon gusto, sempre in ordine e dall'aspetto severo. All'inizio dava anche l'impressione di essere un tipo passionale.

Conoscendo il marito e il locale che aveva creato, l'avevo immaginata una persona più semplice, seppur risoluta, e con una casa molto meno sofisticata. Ero rimasta quasi delusa di fronte a quella bella donna e a quella casa dall'arredamento moderno e ricercato.

Poi però, con una punta di tristezza, me n'ero fatta subito una ragione: *ah, hai capito come stanno le cose?* A pensarci bene era scontato che il proprietario di un locale elegante vivesse in una casa elegante. Le mie erano state le speculazioni di una bambina, tutto sommato il periodo da hippie che lui aveva vissuto in gioventù a Tahiti era finito da un pezzo. Trovai perfino bizzarra quell'ammirazione infantile che mi restava per lui.

La signora mi parlava ed era pure sorridente, tuttavia non trattava mai argomenti particolarmente profondi. Nei miei confronti sentivo che non provava il minimo interesse. Avendo fatto la cameriera per molti anni ero abituata a quel tipo di atteggiamento, eppure essere trattata così in un'abitazione privata anziché in un ristorante mi indisponeva un po'.

Capii inoltre che per lei il lavoro aveva un'importanza fondamentale. Era sempre impegnata al telefono, spesso usciva a incontrare gente, compilava documenti e chiamava il commercialista anziché l'avvocato. Faceva tutto seriamente, con grande impegno. La vedevo sudare in volto, parlare da sola e fare inconsciamente gli inchini mentre parlava al telefono.

Sin dal mio primo giorno di lavoro mi era sorto il sospetto che non fosse una grande amante degli animali. Certo, si prendeva cura del cane e del gatto in ugual misura, ma avevo la sensazione che questi non facessero parte della sua vita. Trattava gli animali come trattava me, quasi facessimo parte del panorama.

Dopo avere incontrato migliaia e migliaia di persone al ristorante, l'avevo capito subito.

La signora era una che provava solo sentimenti senza spessore anche se nel complesso non era certo una persona cattiva. Aveva una mente molto vivace, ma era la classica donna sempre in agitazione. Era, per azzardare un paragone col mio mondo, come quei camerieri che, seppure veloci nel servizio, non mettono mai i clienti a loro agio.

Spesso avevo lavorato con persone come lei e dal momento che nella sua ditta di catering non dovevo più andarci, la cosa non mi riguardava. Nei miei confronti poi lei era tutta sorridente e aveva sempre parole di gratitudine, per cui andava tutto bene.

C'erano comunque delle cose che mi facevano riflettere.

Una la capii l'istante in cui osservai il giardino.

Era trascurato, di sicuro non era tenuto come si doveva. Di quelli tristi in cui, se anche viene mantenuto un ordine superficiale, la terra è arida e piena di piante secche. Si capiva però che fino a poco tempo prima era stato curato con grande dedizione.

Per il cane e per il gatto si poteva dire la stessa cosa.

Lo *shih tzu* era magrissimo e pieno di malattie della pelle, anche se a dir la verità non si notavano a prima vista. Il gatto, un bell'incrocio tra un persiano e qualcos'altro, aveva il pelo molto lungo, ma non proprio lucido. Dava l'idea di non essere pulito e aveva l'aria emaciata. Sebbene per me si trattasse solo di un lavoro a tempo determinato, era triste pensare di dovermi affezionare a delle piante e a degli animali che venivano trascurati dai padroni di casa. Sentivo però anche di dovermene prendere cura con grande passione, tutto sommato ero stata assunta proprio per quello.

Sapevo che la signora era molto attaccata ai soldi e mi imbarazzava dovergliene chiedere, per cui, ripetendomi che ero deficiente, a spese mie portai il cane dal veterinario e di nascosto gli comprai le pomate necessarie. In macchina il cane mi si era accovacciato vicino e, dopo qualche carezza, aveva chiuso gli occhi e si era addormentato. Dal veterinario poi era stato bravissimo, e al ritorno, salitomi sulle ginocchia, aveva preso a leccarmi le mani tanto da non riuscire più a guidare. Prendendomi cura di lui giorno dopo giorno, anche il gatto aveva cominciato a venirmi vicino e a farmi le fusa, aveva smesso di graffiare e di scappare spaventato sotto il divano o i tavoli.

Soltanto una settimana dopo il mio arrivo, avevano entrambi ripreso a scorrazzare per casa e non si staccavano più da me.

Cercavo di non farmi coinvolgere e mi sforzavo di ripetermi che per me quello era un lavoro, gli animali però avevano capito il mio vero stato d'animo e mi cercavano in continuazione. Inutile dire che alla fine mi ci affezionai da morire.

Quando lavoravo al ristorante avevo avuto molte volte modo di incontrare il proprietario, ma da quando ero a casa sua non l'avevo ancora visto. Per noi dipendenti aveva sempre parole gentili e non trascurava mai di salutare chi ci lasciava o i nuovi arrivati. Abbronzato tutto l'anno, vestito con cura e con l'aspetto pulito, dava l'impressione di essere una persona spensierata, ma senza famiglia.

Inoltre, subito dopo aver preso servizio a casa sua, avevo capito molto bene da dove venisse quella sua aria trasognata. Forse anch'io sarei diventata così se avessi vissuto in una casa del genere.

Era stato il mio acuto spirito di osservazione a farmi arrivare alla posizione che occupavo nel ristorante.

Riuscivo a capire di che pasta fossero le persone proprio perché non sapevo fare altro che osservarle a lungo e con grande concentrazione.

Intuivo anche gli aspetti interiori diversi dalle apparenze, guardando con attenzione – che so – un piccolo gesto o il modo di mangiare. Era sicuramente un fatto legato alla mia scarsa loquacità, ma non soltanto. Se il corpo tace, la vista diventa più acuta.

Quella casa, pulita e ordinata anche grazie ai mestieri che facevo con cura nonostante l'inesperienza, non dava l'impressione di essere abitata da esseri umani ed era sempre immersa nel silenzio.

Questo è quello che succede a diventare ricchi, pensavo e, affezionandomi sempre più agli animali dai quali venivo ricambiata, lavoravo ogni giorno con impegno. Quella era una casa senz'anima, per quanto uno si sforzasse di sistemare ogni cosa col cuore, per quanto gli animali vi scorrazzassero liberi.

Mi venivano in mente la mamma e la nonna, soprattutto ogni volta che entravo in cucina.

La nostra casa era malandata, con spifferi terribili e il pavimento pieno di sabbia, ma gli oggetti che mia madre toccava, come per magia, si animavano della sua presenza.

Persino il volantino steso a mo' di sottobottiglia dell'olio, nel suo modo particolare di essere piegato, comunicava un aspetto della mamma. E i gesti che faceva quando travasava la salsa di soia dal bottiglione nell'ampolla, la sua schiena curva quando leggeva il giornale, erano identici a quelli della nonna. Ed era di sicuro vero anche il contrario.

In quel modo, la presenza femminile si sovrapponeva piano piano a quella propria della casa. Dai miei signori invece mancava un qualsiasi tocco femminile, una madre che amasse la casa, un nonsoché di nostalgico cresciuto negli anni con affetto o con rigore.

Non era certo un problema di carenza di femminilità da parte della signora. In quell'ambiente non si percepiva per niente la tacita intesa delle famiglie, certe di vivere in una casa per sempre, il tepore dei nidi un po' sporchi, lo spirito di accoglienza rilassato.

Quando restavo sola in quell'enorme casa, nemmeno fosse stata un rudere disabitato, all'improvviso mi venivano in mente mia madre e mia nonna con un affetto sempre più intenso. Una tristezza che mi portava a voler percepire tutte quelle sensazioni. In piedi come un'orfanella, avevo l'impressione di aspettare qualcuno. Le case tristi, anche senza una ragione particolare, finiscono col rendere tristi chi le abita.

Perché mi spiegasse come era organizzata la casa, una volta avevo incontrato la signora Yamanaka, la governante che per anni aveva lavorato per il proprietario e la moglie.

Era una donna molto raffinata, con gli occhiali e ben truccata, che parlava scandendo le parole, all'apparenza poteva sembrare una professoressa di musica.

Mi aveva informata a grandi linee su come funzionavano le cose nella casa, e io mi ero appuntata tutto con molta attenzione.

Le sue spegazioni erano state così dettagliate da non lasciarmi nemmeno il tempo di chiederle perché avesse deciso di andarsene, era già un'impresa riuscire a tenere il passo. Mi resi subito conto che aveva gestito tutto con grande maestria. Aveva tenuto le redini della casa in modo perfetto dimostrando grande professionalità, e stava per andarsene in punta di piedi senza lasciare la benché minima traccia di sé.

"Allora la saluto."

"Chiudo la casa?" le chiesi pulendo le zampe del cane. Non avevo avuto modo neppure di guardarla bene in viso perché subito dopo le spiegazioni ero uscita a fare la passeggiata col cane. Lei per un po' rimase in silenzio a osservarmi.

"Da quando è arrivata lei il giardino è rinato e il verde risplende" commentò.

"Il lavoro è lavoro. A me piace darmi da fare" risposi bruscamente.

"Ho sentito che è qui perché ha subito un trauma, per una sorta di riabilitazione" disse la signora Yamanaka.

Ecco ci siamo, pensai. Sentivo che me l'avrebbe chiesto dal momento in cui avevo notato il suo sguardo curioso.

"Non è esatto. Ho avuto un crollo fisico dovuto a un sovraffaticamento sul lavoro. Il direttore ne ha parlato con il proprietario che gentilmente mi ha concesso di prendermi un periodo di riposo. Poi però, pensando che mi sarei potuta trovare in difficoltà con i soldi, mi ha proposto di fare questo lavoretto part-time."

"Se non sbaglio il più delle volte i crolli dipendono da motivi psicologici..." infierì la signora. Mi stava analizzando con i suoi occhi penetranti. Seppure trovassi la cosa alquanto fastidiosa, mi sforzai di sorriderle sperando che facesse cadere il discorso.

"Allora presto tornerà a lavorare al ristorante?"

"Sì."

"Ah, le confesso che mi fa molto piacere."

Sul suo volto si accese un sorriso sincero. *Embe'?*, mi venne da pensare.

Il seguito fu un po' diverso da quello che avevo immaginato.

"So che non sono affari miei, ma visto che questo non è il suo vero lavoro, le farò una confidenza. Resti tra noi, mi raccomando. Pare che la signora, con la scusa di essere rimasta incinta, abbia deciso di liberarsi del cane e del gatto. Non è mai stata una grande amante degli animali. Li tiene in casa controvoglia solo perché piacciono al marito. Lui è chiaramente contrario alla cosa, ma impegnato com'è con il lavoro non c'è mai. Pertanto la signora, a sua insaputa, sta mettendo a punto un piano per liberarsene. Li vuole vendere a un negozio di animali. Qualche giorno fa l'ho sentita fare una telefonata sospetta."

La signora Yamanaka parlava normalmente, eppure io persi la calma e il sorriso sulle labbra in un istante. Cosa che non poteva di sicuro esserle sfuggita.

"Siccome a lei invece gli animali piacciono, ho pensato fosse bene dirglielo. Passi pure che li venda, ma forse si potrebbe trovare una soluzione migliore, no? Che anche questo resti tra noi: a me la signora proprio non piace."

Quell'improvvisa confessione mi lasciò perplessa, tanto che replicai:

"Ma le sembra una cosa da dire?".

"Sì, tanto me ne vado. D'altra parte è quello che penso davvero" disse, poi appoggiò le borse a terra e mise l'acqua a bollire sul fuoco.

"Io ho lavorato in molte case, per cui certe cose le sento. Qui sta per cominciare un periodo di trambusti. Se lei fosse stata una governante professionista, mi sarei limitata a darle dei consigli sul da farsi, ma visto che non è così credo sia meglio che non si faccia coinvolgere troppo. Se davvero le piacciono gli animali, magari potrebbe pensare lei alla loro sorte."

"Ma cosa mi dice..."

"Anche la signora è impegnata con il lavoro, per cui all'inizio non mi stupiva affatto che fosse poco a casa, però quando una volta è venuto a prenderla un uomo che sosteneva di essere il suo segretario, ho capito tutto. Cioè che tra loro c'era una relazione. Scommetto che quella nuova ditta di catering la gestiscono insieme. E non è certo un caso che lei si dedichi sempre più al lavoro. Noi donne, quando siamo innamorate, lo si capisce subito, no? Qualche volta poi la signora è arrivata a chiedermi di farle da tramite, per cui ne ho avuto la conferma. Credo che adesso voglia sbarazzarsi del cane e del gatto per avere più tempo libero. Sapesse che pena provo per quel povero bambino che verrà al mondo in una situazione come questa" e mentre parlava versò anche a me una tazza di tè. Squisito tè giapponese.

Pensai che la signora Yamanaka fosse migliore di quanto avessi immaginato. Se il nostro fosse stato un passaggio di testimone tra governanti professioniste, di sicuro non si sarebbe lasciata scappare una parola di quelle appena dette. Non c'erano dubbi che si stesse concedendo quel tipo di comportamento soltanto perché era in procinto di andarsene. E in seguito a quella mia interpretazione, le sue opinioni mi apparvero credibili.

A ben pensarci la signora faceva delle telefonate un po' troppo misteriose per essere semplicemente di lavoro, e mi sovvenne che quando le suonava il cellulare usciva subito dalla stanza dove si trovava per andare a chiudersi in camera. Se me ne ero accorta io che lavoravo in quella casa da pochissimo, la signora Yamanaka doveva di sicuro aver visto e sentito un sacco di cose anche se non lo diceva.

"Che buono questo tè. Grazie mille!" dissi.

"Sono sicura che il bimbo che porta in grembo non è figlio del marito" fece lei.

Rimasi a bocca aperta.

"Ma su, signora! Come fa a essere sicura di una cosa del genere?"

"Lo sento. E non per niente da quando si è saputa la cosa, il loro rapporto è diventato ancora più anomalo. So che nelle case dei ricchi succedono molte stranezze, ma io sono una all'antica e certe cose proprio non mi vanno giù. Così, non appena ho saputo da mia figlia che con suo marito stavano pensando di ricavare due appartamenti dalla casa che abbiamo al nostro paese, ho preso la palla al balzo e ho deciso di dare le dimissioni. I signori Takada mi hanno chiesto di continuare a venire, foss'anche per due giorni alla settimana. Ma mi conosco: la volta che dovessi vedere il bambino, so che non riuscirei a fare finta di niente."

"Il marito è al corrente?"

"Vuole che non lo sia? Secondo me sa più o meno tutto."

"No..."

Pensai a lui, alla sua passione per Tahiti, sovrapponendo la sua immagine a quelle degli animali che di lì a poco avrebbero perso la casa.

La signora Yamanaka proseguì:

"A me piacciono molto i bambini. E sul lavoro sono sempre stata apprezzata perché ci so fare con loro. Nella mia carriera ho lavorato quasi soltanto per dei ricchi e in tutte le case c'era sempre qualche problema. I bambini però erano bellissimi. Comunque fossero i genitori, per quanto terribili fossero le famiglie, io da quegli esseri innocenti ho ricevuto un grandissimo aiuto. Sento che, se dovessi vedere quello che nascerà in questa casa, mi ci affezionerei subito e poi sarebbe una sofferenza assistere ai litigi dei genitori. Mi permetto di dirle queste cose perché noi due forse siamo fatte della stessa pasta. L'ho capito da come tratta gli animali. Mi raccomando, però, non dica niente alla signora. Se per caso dovesse trovare un negozio disposto a prenderli, provi a dirle che conosce qualcuno che vorrebbe tenere il cane o qualcuno che va matto per i gatti. Agisca d'astuzia. Non mi preoccuperei se la signora dovesse capire che gliel'ho detto io, lei però cerchi una sistemazione adeguata per gli animali".

"Grazie."

"Quando l'ho vista accudire gli animali, non ce l'ho fatta a tacere. Lei lavora con la stessa faccia che avevo io quando mi prendevo cura dei bambini."

"Arrivederci, allora" disse con un sorriso decisamente più affettuoso di quello del saluto iniziale, e se ne andò.

Questa donna è di sicuro sempre stata così, pensai seguendola con lo sguardo dalla finestra mentre si allontanava.

Camicetta a fiori, borsettina piccola, scarpe di pelle ormai consumate. La sua figura di spalle era quella di una nonna, di una madre, di una governante professionista.

Talvolta succede che negli incontri che avvengono in modo casuale, si arriva a scoprire che anche nelle persone che inizialmente ci avevano fatto una pessima impressione si può trovare qualcosa di positivo e creare con loro una certa armonia. Il nostro era stato un brevissimo incontro, eppure la signora Yamanaka mi aveva evocato quella sensazione.

Mi girai e vidi il cane e il gatto dormire insieme sul divano. Accovacciati, col respiro profondo dei sonni tranquilli. Il gatto, sognando, con le sue zampette massaggiava il pelo del cane, mentre quest'ultimo russava leggermente. Mi sentii impotente, poi feci le pulizie alla svelta e lavai le tazze e la teiera.

Le mie mani e il mio stomaco conservavano ancora il tepore del tè che avevo da poco bevuto.

Per una come me che aveva sempre avuto animali in casa, l'idea di liberarsi senza tante remore del cane e del gatto era incomprensibile. Mi sembrava più facile capire il desiderio di portare in grembo un figlio concepito con un uomo che non è tuo marito.

Se fossi riuscita a vedere il cane solo come un cane e il gatto solo come un gatto, forse la cosa sarebbe stata molto semplice. Se ai miei occhi le strade fossero state strade, il cielo un cielo, gli alberi degli alberi, la bistecca una fettina di mucca morta... se quando avessi rotto il mio piatto preferito fossi stata capace di pensare che bastava ricomprarlo... tutto sarebbe stato molto più semplice.

Così però il mondo avrebbe perso i suoi aspetti misteriosi e interessanti e io non avrei più potuto godere della gioia dell'osservazione, dell'emozione per le scoperte inattese, del piacere per il lavoro, della consapevolezza di essere viva. Sentivo che per me gli interessi dovevano per forza venire barattati con la sofferenza. Per entrare in contatto con il mondo le occasioni possibili erano mille e mille ancora. E adesso che la mamma era morta ed ero rimasta sola, volevo che queste aumentassero ancora di più. Quelle occasioni erano la prova che ero viva.

Mentre mi dedicavo a quella sorta di riabilitazione facendo il lavoro da pseudogovernante, il cane, il gatto e le piante del giardino alleviavano il mio animo dalle schegge della vita metropolitana.

I primi tempi il cane era sempre dentro una specie di box e veniva lasciato libero di uscire soltanto per le passeggiate, mentre il gatto era rinchiuso tutto il giorno nello studio del proprietario. Due volte al giorno portavo il cane a fare quattro passi e gli cambiavo l'acqua intorbidita della ciotola, anche perché nessun altro lo faceva. Alla fine ottenni il permesso di lasciare liberi sia lui che il gatto di girare per casa, almeno quando c'ero io. Un punto su cui la signora si era dimostrata clemente.

"Li ho tenuti rinchiusi solo perché non potevo prendermene cura. Anch'io avrei voluto lasciarli liberi di correre, ma ci voleva qualcuno che stesse in casa. Mi raccomando però, se per caso dovessero sporcare i mobili o i tappeti, pulisca. Con questo non voglio dire che deve dare più importanza ai mobili che a loro. Sa, i mobili si possono sempre ricomprare, la vita degli animali, se si spegne, poi non c'è più niente da fare" disse la signora quando la incontrai, l'indomani della visita della signora Yamanaka.

Dallo sguardo e dal modo di parlare, capii che era sincera. Tirai un sospiro di sollievo nel constatare che era capace di pensieri umani e presi a considerare quel lavoro con una punta di ottimismo. Spaventata dalle parole della signora Yamanaka, ormai ero sulla difensiva.

Arrivai alla conclusione che l'immagine senza spessore che la signora dava di sé non fosse affatto voluta e che dipendesse soltanto dall'aspetto: il suo modo di concepire le cose non era certo disumano. Il suo problema era non riuscire a vedere ciò per cui non provava interesse. E forse il suo fascino stava proprio nel bagliore di quella concentrazione. Vedendo le cose in quell'ottica era tutto molto più semplice.

Trovavo divertente anche prendermi cura del giardino.

Tanto da capire perché il giardinaggio venisse utilizzato nelle terapie di riabilitazione. Dopo aver rasato per bene il prato, averlo irrigato ogni giorno, aver dato i fertilizzanti, aver tagliato – per quanto possibile – i grovigli di piante secche e aver pulito a fondo gli angoli sporchi, quel giardino, che al mio arrivo avevo trovato trascurato e con l'aria misera, era tornato a vivere e il verde aveva riacquistato subito la sua tonalità chiara.

Piano piano mi accoglieva tra le sue braccia con quell'aspetto tranquillo.

Ogni volta che uscivo in giardino avevo l'impressione di trovarmi in un luogo carico di energia. Ritrovavo l'equilibrio, come se d'un tratto il centro della mia persona si stabilizzasse. Sorridevo con naturalezza quando scoprivo nuovi germogli, nuovi boccioli di fiori, e mi rendevo conto che i loro mutamenti giornalieri toccavano la mia sensibilità in un modo quasi esagerato. L'edera si arrampicava per i muri e i bulbi riposavano ben curati nella terra fertile. In un solo mese il cambiamento era stato addirittura incredibile.

Poco alla volta avevo cominciato a vedere come andavano veramente le cose.

Quando arrivavo io la signora Takada usciva dalla sua camera tutta indaffarata, faceva un paio di telefonate, dava un'occhiata a me, al giardino e agli animali, e se ne andava di corsa. Che dovesse andare a fare degli esami ginecologici, piuttosto che in ditta, forse perché veniva a prenderla il segretario, ossia il presunto amante, era sempre radiosa nella sua bellezza mattutina. Con la voglia di uscire a fior di pelle, scappava via dopo essersi controllata più di una volta davanti allo specchio. Soltanto a pensarci, le sue giornate davano l'impressione di essere molto intense, ricche di lavoro stimolante e piene di vita.

In teoria in quella casa tutto apparteneva a lei, eppure io restavo meravigliata di fronte all'enormità di cose che continuava a ignorare. Non che fosse soltanto un problema suo, anch'io di sicuro me ne lasciavo scappare una quantità inimmaginabile e sapevo bene che in quello consistono le scelte di vita.

Anche se l'ambiente in cui viviamo è pervaso da drammi sconvolgenti e ogni cosa emana onde di negatività, non accorgercene è una libertà che ci è concessa.

In principio, viste le mie condizioni psicologiche, pensavo di provare empatia per gli animali e le piante di quella casa soltanto perché mi immedesimavo con il loro senso di abbandono.

Invece poco per volta mi ero accorta che le cose non stavano affatto così. Loro erano molto più forti di me e ardevano di vitalità. Anzi, con le loro grandissime evoluzioni mi abbracciavano, avvolgendo le mie piccole emozioni e le mie energie.

In quel modo mi ero resa conto della loro forza.

Da quando avevano ripreso a saltare pieni di vigore, il cane e il gatto avevano dimenticato completamente il periodo di reclusione e la spinta vitale dei boccioli che si schiudevano era addirittura violenta. Non potevo che restare schiacciata dalla forza dell'edera che cresceva, dalla cocciutaggine degli insetti che infestavano le piante, dall'impeto degli animali che ingoiavano il cibo con avidità.

Decidere cosa guardare o cosa non guardare nell'arco della giornata è solo una questione di gusti. Non esistono cose che sia bene o male osservare, né alcune superiori ad altre.

Tuttavia, al pensiero della quantità enorme di energia che ogni giorno ricevevo da loro, mi sentivo perfino in colpa a prendere lo stipendio. Le piante e gli animali, senza eccezioni, trasmettono una forza immane. Non sono soltanto esseri deboli in attesa di cure.

Per quello mi sentivo aiutata e consolata al tempo stesso.

Per una come me che faceva dell'osservazione una ragione di vita, c'era voluto troppo tempo perché notassi che il lunedì la casa aveva un aspetto diverso dal solito.

Seppure le differenze fossero minime.

Non me ne ero accorta subito perché non c'era niente che venisse cambiato in maniera ostentata, alcuni piccoli dettagli venivano semplicemente curati con attenzione e in modo naturale. Era come se, senza intromettersi nel mio lavoro, qualcuno facesse di nascosto gli ultimi ritocchi a ciò che io avevo cominciato.

Ad esempio, il lunedì il pelo degli animali era lucente, loro dormivano con aria soddisfatta, e l'entusiasmo con cui mi accoglievano in casa era più contenuto degli altri giorni. I parassiti erano stati tolti dalle piante, i rami potati, le foglie secche raccolte... l'aspetto del giardino era nell'insieme piacevole.

Sospettai che anche prima del mio arrivo, quando le cose andavano bene, fosse sempre stato così. Capii al volo. Quelle erano cose che faceva il signor Takada la domenica, del resto a lui piacevano molto piante e animali. Per loro provava un amore tracimante e, se soltanto ne avesse avuto il tempo, se ne sarebbe occupato in continuazione.

Avevo sentito che, coinvolto anche lui nell'avviare la nuova ditta della moglie, era stato impegnatissimo, tanto da non avere più una giornata di riposo. La negligenza nella cura della casa dipendeva anche da quello. Immaginai che adesso si fosse finalmente liberato dagli impegni e che per quello avesse ripreso a occuparsi del giardino, del cane e del gatto.

Ero felice all'idea che in quell'ambiente oltre a me ci fosse qualcuno che provasse amore per loro. Perché capivo che, nel silenzio di quella casa, pur mettendoci il cane, il gatto e le piante, qualcosa di importante mi veniva portato via.

Non ci incontravamo, ma il lunedì di ogni settimana era come se io e il proprietario fossimo in corrispondenza. Non una corrispondenza fatta di parole. Nelle nostre mani avevamo un'affascinante mappa segreta sulla base della quale osservavamo gli esseri viventi. A me spesso scappava da ridere nel constatare che i punti di maggiore interesse fossero gli stessi per entrambi.

Quando vidi che in soggiorno le punte secche della nolina erano state tolte per due terzi, portai a termine l'operazione. E la settimana successiva trovai tutte le foglie lucidate, senza un filo di polvere. Di volta in volta poi mi accorgevo che la pomata per la dermatite del cane diminuiva, l'avevo nascosta vicino alla ciotola della pappa, finché un giorno il tubetto venne sostituito con uno nuovo. *Che sia andato dal veterinario?* In giardino, sotto un sasso che avevo provato ad alzare, avevo scoperto talmente tanti insetti che l'avevo riabbassato subito per la paura. Il lunedì successivo lo ritrovai in un'altra posizione, e con tutta la terra intorno ben livellata. Quando vidi che le api avevano fatto un alveare, non feci in tempo a pensare al da farsi che già era stato rimosso, e quando il cactus stava per spezzarsi sotto il peso dei germogli, la volta successiva notai un vaso al sole in cui erano stati trapiantati in fila tutti quei piccoli mignolini. Davanti a quelle scoperte mi si scaldava il cuore. E regolarmente giuravo a me stessa di voler tornare al più presto a lavorare per lui nel ristorante.

Tuttavia il tempo passava veloce, senza che nessuno mi comunicasse una data precisa né del mio ritorno all'Arcobaleno, né dell'arrivo della nuova governante.

Accadde uno di quei giorni.

Stavo per infilare la chiave nella toppa quando sentii la serratura aprirsi dall'interno. Pensai che la signora fosse ancora in casa ed entrai.

Immediatamente mi corse incontro il cane che in teoria sarebbe dovuto essere ancora nel box, e anche il gatto mi raggiunse nell'ingresso. Oltre a loro, lì in piedi, c'era il signor Takada. Disse di essere tornato a prendere qualcosa che aveva dimenticato.

Era lui il vero motivo per cui avevo cominciato a lavorare all'Arcobaleno e più di una volta l'avevo visto nel locale, ma quella era la prima occasione in cui ci trovavamo da soli, faccia a faccia.

Agitatissima, come mio solito cominciai subito a osservarlo, seppure con imbarazzo.

La prima impressione fu che sembrasse più giovane di quando l'avevo visto al ristorante. Sorrideva esattamente come nelle foto della rivista. In casa, con indosso la camicia hawaiana, aveva un aspetto giovanile, la pelle levigata e lo sguardo dolce. Senza un chilo di troppo, con un sedere che sembrava scolpito, se avesse detto di essere sotto i quaranta chiunque gli avrebbe creduto.

"Buongiorno" fece lui.

"Buongiorno a lei. È un piacere vederla" risposi.

"La signorina Minagami Eiko, vero? Al ristorante ci siamo visti più di una volta. Come va? Tutto bene?" Parlava con un tono di voce basso, ma chiaro. Mi fece molto piacere constatare che ricordasse il mio nome per intero.

"Sì, grazie. Adesso sto molto bene. Mi dispiace di averla fatta preoccupare" risposi con il sorriso sulle labbra. Dopodiché entrai in soggiorno e cominciai a riordinare con movimenti veloci, mi sembrava il modo migliore perché capisse che stavo di nuovo bene.

Lui faceva finta di non guardarmi, in effetti però mi teneva d'occhio. Si spostava lentamente da un angolo all'altro della stanza, faceva qualche telefonata mettendo intanto ordine tra i libri e i documenti. Quando poi per caso i nostri sguardi si incrociavano, mi sorrideva.

Era da molto che qualcuno non mi sorrideva più con un'espressione così calorosa. I suoi occhi brillavano di una luce serena, identica a quella che avevo io quando osservavo le piante. Erano gli occhi gentili di quando ci si limita a guardare le cose, sicuri che non ci sarà nessun problema. Avvolta da quello sguardo, mi sembrava di potere agire in tutta tranquillità.

Durante una breve pausa, si sedette sul divano e disse all'improvviso:

"Grazie per aver portato dal veterinario il cane Tarō. Continuavo a pensare alla sua brutta dermatite, ma proprio non avevo il tempo di occuparmene. Grazie davvero!".

Mi stupii di constatare che non avesse nemmeno preso in considerazione la possibilità che ce l'avesse portato la moglie. Mi venne da pensare che forse loro due avessero già rinunciato a stare insieme.

"Gli dava così prurito... Sono molto contenta che sia guarito."

"Da quando sei arrivata tu anche il gatto Tarō sembra più allegro."

"Ma in questa casa si chiama tutto Tarō?"

"No, la nolina ad esempio si chiama Nolipii..."

"Ho capito, allora d'ora in avanti la chiamerò così!" commentai ridendo.

Nell'angolo del soggiorno da cui si usciva in giardino c'era una nolina con delle foglie lunghissime e io e lui avevamo fatto a gara affinché mantenesse una forma ben proporzionata. Mi venne da ridere perché, anche se non ne parlavamo, entrambi sapevamo come stavano le cose.

"Il gatto Tarō ormai ha undici anni. Ha un carattere difficile, sono contento che andiate d'accordo. Ti si è affezionato molto, vero?"

"Cosa? È già così vecchio?"

Mi sorpresi perché, sebbene guardandogli i denti avessi immaginato che avesse una certa età, quando l'avevo chiesto alla signora, lei mi aveva risposto: *avrà sei anni.*

"È con me da prima che mi sposassi. Un giorno che pioveva è entrato all'improvviso dalla finestra della casa dove vivevo e tutto bagnato mi si è infilato nel *futon.*"

"Davvero?"

"Aveva la coda incrostata di escrementi e puzzava tremendamente. Le zampette anteriori erano piene di ferite. Ho fatto un salto così quando mi sono accorto di avere tutte le lenzuola sporche di sangue e di pus. Quando però l'ho visto dormire tranquillo contro il mio petto e farmi le fusa, ho pensato alle terribili condizioni in cui era dovuto andare in giro sotto la pioggia e mi ha fatto pena. Così ho stretto i denti, l'ho lasciato stare al mio fianco fino al mattino e l'ho portato dal veterinario. Pensa che poi ne ho persino denunciato il ritrovamento e ho appeso dei volantini per tutto il quartiere, ma il proprietario non è mai saltato fuori. Forse aveva fatto molta strada prima di arrivare da me... Di certo, con un puzzone del genere non avevo mai dormito prima. L'odore era talmente forte da non riuscire a chiudere occhio. So che in casa mia c'era entrato solo per caso, ma mi si è affezionato così tanto che mi sono messo una mano sul cuore e ho deciso di tenerlo."

"Gli è andata bene al gatto Tarō, eh?" dissi ridendo.

Poi pensai che se era vero che la signora stava tramando di vendere quel gatto così vecchio, sarebbe stata una cosa davvero crudele. Mi chiesi se il marito fosse a conoscenza del piano della moglie. Io di certo non potevo parlargliene, per cui proseguii con le pulizie facendo finta di niente.

Avevo sentito raccontare che il proprietario e il direttore, ancora prima di aprire l'Arcobaleno, avevano lavorato nello stesso ristorante a Tahiti. Pare che il proprietario seguisse il locale con molta passione, curando anche i minimi dettagli, come le foglie secche delle piante ornamentali. Il direttore spesso ne aveva parlato come di un periodo divertente.

"Grazie allora, io ho finito. Ah, a proposito, il nespolo era ancora piccolo per cui mi sono permessa di trapiantarlo in un posto più assolato. Una volta che sarà cresciuto bene, però, lo rimetterò dov'era. Se dovesse diventare enorme dov'è adesso sarebbe un problema" dissi.

"Va benissimo, brava. Quando sarà cresciuto a sufficienza, lo trapianteremo. Anch'io pensavo che in quella posizione, prima o poi, sarebbe morto. Quando, di notte, rientravo a casa, mi dicevo: *adesso non ho tempo, lo farò domani mattina*, e poi crollavo addormentato."

"Sa, mi era sembrato così indebolito..."

"Pensa che quella pianta è cresciuta dal nocciolo di una nespola che ho piantato dopo averla mangiata. Erano frutti talmente grandi e buoni che non riuscivo a togliermeli dalla testa, così che preso da un senso di gratitudine, senza pensarci tanto, ho preso un nocciolo e l'ho piantato" disse con il sorriso di un bambino.

"Ah, sì? Allora crescerà bene di sicuro!" commentai sorridente. "Non è che magari l'ha chiamato nespolo Tarō?"

"No, non gli ho ancora dato un nome" rispose ridendo. "È successa la stessa cosa con l'erba clessidra. Mi avevano regalato dei frutti della passione per il Chūgen e ho provato a seminarne i noccioli."

"Ah, quella tutta avviluppata sullo scaffale sul lato sud della casa?"

"Sì, quella. Non credevo ai miei occhi quando ho visto la quantità di fiori che sono sbocciati. Sono belli e resistenti, e addirittura pare che gli infusi delle foglie curino l'insonnia. Più la pianta cresceva e più mi stupivo. È un piacere vedere com'è diventata grande!" raccontò il signor Takada gongolante.

In cuor mio ebbi l'impressione di essere stata ricompensata di quello che avevo fatto e ne fui felice.

Anche se non si viene apprezzati direttamente, il lavoro diventa piacevole se si riesce a fare quello di cui si è convinti. Mi turbava il dubbio che gli esseri che vivevano in quella casa potessero morire dopo la mia partenza. Il signor Takada, quasi avesse intuito il mio pensiero, aggiunse:

"Se avessi tempo mi occuperei in continuazione del giardino e degli animali. Per un certo periodo ho addirittura pensato di farne un mestiere e ho lavorato come vivaista".

"Che bello... A proposito, pensa che potrei tornare a lavorare all'Arcobaleno? Scusi la sfrontatezza della domanda..."

"Macché sfrontatezza! Certo che puoi. Avevo pensato di darti il tempo di ristabilirti piano piano, ma se mi dici che ci vuoi tornare, vedrò di organizzare la cosa al più presto. A mia moglie immagino che dispiacerà parecchio, ma tutto sommato anch'io volevo che prima o poi tu tornassi all'Arcobaleno."

"Davvero? Grazie mille! Le assicuro che adesso sto bene. Sa, dopo il funerale della mamma sono dovuta tornare al mio paese molte volte e alla fine ho accumulato un po' di stanchezza."

Un pensiero mi attraversò la mente: se me ne fossi andata nel bel mezzo di quella crisi coniugale, forse per il giardino non ci sarebbero stati problemi, ma al gatto e al cane sarebbe successo qualcosa? Il signor Takada disse:

"Non preoccuparti, quando passerà la frenesia di questo periodo, mi prenderò io cura di tutto. Anche dopo il tuo ritorno al ristorante".

"Bene."

Tirai un sospiro di sollievo e lui scoppiò a ridere.

"Lo sai che sei un libro aperto? Quello che pensi ti si legge in fronte."

"Ma se al ristorante mi chiamano 'Faccia da poker'..."

"Ti dico che si capisce tutto, ma proprio tutto!" disse continuando a ridere.

"Strano... Lei capisce tutto? Sarà perché le piacciono le piante e gli animali" commentai sorridendo.

Nel frattempo il gatto Tarō gli era salito sulle ginocchia e si era addormentato. Lui cercava di non muoversi per non svegliarlo. Osservai la scena e pensai che non fosse possibile improvvisare quelle attenzioni solo perché lo stavo guardando.

Davanti al piccolo bungalow dove soggiornavo a Moorea si estendeva all'infinito una lunghissima spiaggia di sabbia bianca. Per fare una nuotata bastava mettersi in costume e uscire fuori. Al mattino mi svegliavo allo schiamazzo delle grida dei bambini che sguazzavano nell'acqua.

Mi alzavo, aprivo le finestre e vedevo le galline razzolare per il giardino seguite dai pulcini. Quella vista ormai familiare era sempre accompagnata dall'odore forte della pipì dei gatti che gli davano la caccia.

La fresca brezza marina attraversava veloce la stanza e i polmoni mi si riempivano di quell'aria piacevole. Innanzitutto facevo la doccia, tiravo fuori la frutta dal frigo, la lavavo e preparavo il caffè. Anche la coppia di americani nel bungalow di fronte si svegliava a quell'ora. Marito e moglie uscivano sul porticato e scrutando il cielo per capire come sarebbe stata la giornata, cominciavano a bere il caffè più o meno contemporaneamente a me. Ci salutavamo con un sorriso, commentavamo il tempo e, un giorno io il successivo loro, ci invitavamo a vicenda, a fare colazione insieme. Una luce piacevole illuminava ogni cosa.

Una volta, dopo aver sentito le grida concitate di alcuni bambini, ero corsa in spiaggia nonostante fossi nel bel mezzo dei preparativi della colazione.

Il bambino di non so quale bungalow mi aveva detto in inglese:

"Le razze! Ci sono le razze!".

Guardai il mare e nella secca davanti alla terrazza dell'albergo vidi una dipendente intenta a dare da mangiare alle razze. I clienti che stavano facendo colazione al ristorante erano tutti in piedi a godersi la scena.

Sulla battigia di sabbia bianca e acqua trasparente, due razze nuotavano con le grandi pinne spiegate.

La pelle scura della ragazza veniva bagnata dalle onde silenziose. Le razze si allontanavano, poi tornavano a carpire i pezzetti di pesce. La ragazza, quando vide che si erano avvicinati anche dei gabbiani, lanciò un po' di pesce alto nel cielo. Questi piombarono in volo e in un baleno lo afferrarono col becco e poi volarono via di nuovo. Illuminata dal sole, l'ombra svolazzante delle razze si proiettava sulla sabbia del fondo del mare. Proprio come l'ombra delle nuvole.

Pensai che, se ogni giornata fosse cominciata con una vista così bella e tranquilla, nessun cattivo pensiero mi sarebbe potuto balenare per la testa. Lo pensai nel profondo del cuore, anche perché il cervello non era ancora del tutto sveglio.

Di sicuro anche gli abitanti di quell'isola discutevano e litigavano tra loro. Eppure la perfezione del panorama dava l'illusione che non fosse possibile.

Gambe abbronzate, razze bianche. Strida di gabbiani che volano alti nel cielo. Acqua limpida che arriva sulla spiaggia, in lontananza nuvole bianche come abbozzate con un pennello che veleggiano sottili, mentre a poco a poco la luce del sole aumenta d'intensità. La ragazza dell'albergo, tenendo alzata la gonna di un tessuto bellissimo, camminava lentamente nell'acqua esibendo dei polpacci ben torniti. E di quando in quando, abbagliata, guardava l'azzurro del cielo facendosi schermo con la mano.

Di lì a poco sarei tornata al mio cottage camminando lungo il bagnasciuga, e mi sarei preparata un panino al tonno con il pane e la scatoletta comprati il giorno prima. Riuscivo a immaginare la scena in ogni dettaglio, era strano che un progetto così banale mi rendesse così felice.

Mentre mischiavo la maionese con il tonno, i miei sanda-letti puzzolenti sui quali i gatti avevano fatto pipì sarebbero stati ad asciugare al sole. Poi avrei ritirato e piegato il bucato che avevo steso la sera prima. Una vita fatta solo di presente, senza domani, senza futuro.

Il tipo di vita semplice che sognavo.

Anche in quella vita tornavano alla mente vari ricordi, e mi piaceva l'idea di sorprendermi per le piccole cose.

Ad esempio un pomeriggio ero andata con la macchina a noleggio a fare un giretto fino a un'insenatura sulla costa.

E godendomi lo spettacolo avevo fatto una passeggiata tranquilla, entrando nei negozietti di parei e in quelli di sou-venir all'interno degli alberghi.

Risalendo una strada lunghissima, ero poi arrivata fino a un belvedere e da lì, dopo essermi presa un gelato al cocco in un chiosco, mi ero goduta a lungo la vista mozzafiato del Mon-te Bali Hai. Svettante nella sua sagoma solenne, sembrava vi-cinissimo ed era coperto da una fitta coltre di alberi dal ver-de intenso. L'atmosfera era completamente diversa da quella della costa, tanto da far credere di trovarsi in una località di montagna. Mi stupii ancora una volta della grande varietà del-la natura di quell'isola.

Erano passati pochi giorni dal mio arrivo a Moorea, ep-pure ero già bella abbronzata.

Strano, perché ero stata soltanto un po' nell'acqua davanti al bungalow. Ormai il mio colorito faceva risaltare al massi-mo gli orecchini di perle nere e il pareo a fantasia che avevo comprato nonostante temessi che fosse troppo appariscente per la mia carnagione.

Non mi piaceva affatto vivere di ricordi, a volte però suc-cede di rendersi conto del loro valore.

Scesi dal belvedere, fermai la macchina in quell'insenatu-ra tranquilla, e mentre bevevo un bicchiere di acqua fresca nuovamente rapita dal panorama, d'un tratto mi ricordai di un pomeriggio della mia infanzia. Sembrava che il ricordo si fosse concretizzato nella mente come un'immagine emersa all'improvviso dall'acqua.

Stavo correndo in macchina con la mia famiglia lungo la costiera del Kishū. Passando per qualche porto di mare, ero rimasta sorpresa dalla luce e dalla tranquillità che regnava. Una tranquillità non soltanto in senso fisico; era come essere in un'altra dimensione temporale. Ero meravigliata dallo scorrere maestoso del tempo che, in quella striscia di terra stretta fra terra e mare, si era preservato dall'antichità...

Il sole illuminava il paesaggio con una luce pallida e in quel pomeriggio di bonaccia le onde si frangevano scivolando sulla baia. L'acqua verde sembrava tracimare dai contorni del mare. E anche la folta vegetazione che levigava le montagne pareva non volersi limitare a coprire quelle asperità. L'azzurro intenso del cielo risplendeva brillante. In quei porti su cui era scesa la quiete, le vecchie imbarcazioni attraccate e le reti dei pescatori proiettavano ombre variopinte sui moli di cemento.

In quello spazio ti sentivi ebbro, incapace di capire in quale periodo, in quale paese ti trovassi. Dentro la macchina la musica suonava a basso volume e l'aria condizionata era regolata su una temperatura piacevole. Il sole mi illuminava il braccio sinistro. La peluria risplendeva dorata sulla pelle candida.

Davanti, mio padre guidava in silenzio, stregato dalla pace del panorama. La mamma invece era esposta al sole, si era appisolata e sembrava dormire un sonno sereno. Papà con indosso gli occhiali da sole aveva un aspetto molto giovanile. Tutt'a un tratto non sapevo più quanti anni avessero. Sembravano due studenti appena sposati, ma anche una coppia di anziani in viaggio. Mio padre guidava bene, e io apprezzavo il suo modo di entrare in curva e di frenare delicatamente. Cullati da quel ritmo, nei nostri animi ondeggiava la superficie brillante della baia.

L'insenatura di Moorea non assomigliava affatto al paesaggio violento del Kishū. Tuttavia quel suo aspetto minuto e insieme maestoso faceva vacillare leggermente l'acqua che mi si era depositata sul fondo dell'animo. Rividi lo sfolgorio di quel ricordo e quasi mi vennero le lacrime agli occhi.

Per quanto la mia storia fosse stata breve, molti erano i ricordi che si erano fermati sul mio cammino. Anche se non l'avrei mai più incontrato, lì mio padre era vivo. Una scoperta che mi riempiva di gioia.

Un giorno andai al lavoro come sempre, ma arrivata in casa mi accorsi che il cane non c'era più. La signora uscì dalla sua stanza tutta indaffarata, così le chiesi notizie.

"Mi dispiace, ma ho sentito dire che i cani con la dermatosi è bene che non stiano vicini ai neonati e così l'ho dato in consegna a un conoscente che ha un negozio di animali" rispose. Io rimasi di sasso e le chiesi:

"In quale negozio l'ha portato?".

"Perché ti interessa saperlo?"

Negli occhi della signora c'era un barlume di cattiveria.

"Mi piacerebbe poterlo vedere per salutarlo un'ultima volta" risposi fingendomi calma. In effetti ero arrabbiatissima per il modo in cui erano precipitate le cose.

Tutto sommato avevo lavorato a lungo in quella casa con l'incarico di occuparmi degli animali, per cui avrebbe potuto benissimo parlarmene prima. Riflettevo su quale potesse essere il momento opportuno per dirle: *mi licenzio!* Cercavo di ripetermi di stare calma perché, se mi fosse scappata una frase del genere nell'istante sbagliato, avrei corso il rischio di non tornare più a lavorare nemmeno al ristorante. Nei momenti in cui riesco ad autosuggestionarmi nella maniera giusta, divento un essere a sangue freddo, più di un demone.

"Non preoccuparti! L'ho dato in consegna a una persona perbene" commentò la signora con un sorriso. Capii che avrebbe preferito considerare la questione chiusa e cambiare discorso.

"Dopo quello che hai fatto per lui, mi dispiace davvero che sia successo tutto così in fretta. D'altra parte sto per avere un figlio, il primo dopo tanti anni, e in più devo lavorare. Non posso occuparmi di tutto. Il bambino è più importante."

Certo che è più importante, perché è figlio dell'uomo che ami e non di tuo marito, eh? inveii dentro di me. In quel momento, i sentimenti che provavo per lei, che a seconda del giorno mi avevano portata ad apprezzare alcuni lati del suo carattere, diventarono definitivi. *Basta, con questa donna non posso più andare d'accordo.*

Fino ad allora avevo lavorato un'infinità di volte con persone con cui non mi sentivo in sintonia, per cui era stato facile fare finta di niente. Adesso però non riuscivo più a contenermi talmente forte era il sentimento che provavo per il cane.

Annoiato, o forse non interessato, il gatto Tarō dormiva sul divano vicino alla finestra. Il suo pelo lucido illuminato dal sole aveva qualcosa di triste. Fino a poche ore prima aveva sicuramente giocato con il cane Tarō...

"Ha intenzione di liberarsi anche del gatto?" le chiesi.

"Sì, ormai è vecchio, per cui ci sto pensando. Se solo potessi trovare una persona affidabile... Sai, prendersene cura richiede impegno, e assumere apposta una persona costa un sacco di soldi" rispose la signora.

"Allora... non c'è più bisogno di me in questa casa" affermai con chiarezza.

"E perché mai? Certo che c'è bisogno di te! Ci sono le pulizie da fare e tutto il resto, io sono molto impegnata con la nuova ditta e proprio non posso occuparmene. Se possibile vorrei che rimanessi ancora un po'. Tu sei molto brava, così ho chiesto a mio marito di lasciarti qui a lavorare. Che cosa ne pensi? Qui il lavoro è meno duro che al ristorante e puoi fare ancora un po' di convalescenza, no?"

"Non saprei. Al ristorante manca il personale e in origine io sono venuta qui per badare agli animali..."

"Mi raccomando, non piantarmi in asso, perché proprio non saprei come fare."

La signora se ne andò con il volto fresco e sorridente, mentre io rimasi fremente di rabbia nella casa ormai senza cane.

Anche se ero consapevole del fatto che si trattava di un reato, non riuscii a controllarmi e cominciai a rovistare in tutti i cassetti della casa. Cercavo il numero di telefono del negozio di animali con cui la signora poteva avere concluso la trattativa. Passai al setaccio tutto quanto, dalla libreria al bagno. Spiegai tutti i foglietti accartocciati nei cestini e aprii perfino i cassetti dei comodini della camera da letto dei signori. Prendevo appunti e chiamavo i posti che potevano essere in qualche modo collegati.

Trovai il cane Tarō alla decima telefonata. Non c'erano dubbi: era stato portato là perché venisse messo in vendita e adesso gli stavano facendo lo shampoo. La persona con cui parlai mi disse che il padrone del negozio e la signora Takada erano stati compagni di liceo. Dopo aver carpito anche quell'informazione, pensai seriamente in che ordine agire.

L'Arcobaleno era di proprietà del marito e alla signora apparteneva soltanto la ditta di catering. Pertanto, a meno che lei non riuscisse ad abbindolarlo, forse sarei riuscita a tornare a lavorare al ristorante.

In quel momento sapevo di comportarmi da bambina, di agire in modo strano e fuori luogo. Sapevo anche che in ogni famiglia ci sono situazioni particolari e che, per quanto dall'esterno ci si sforzi di cambiare alcune cose, in casa propria ognuno ha il diritto di far valere la propria libertà. Una cameriera non ha certo il diritto di dire questo non mi piace, questo non mi va.

Pensai che se fosse successo qualcosa del genere al ristorante, forse sarei stata in grado di sopportarlo. Una volta infatti il direttore aveva dovuto portare a casa sua un pappagallo che tenevamo nel locale, perché i clienti si erano lamentati per il rumore e la scarsa igiene. Io gli ero affezionata e mi dispiacque molto, ma riuscii rapidamente a farmene una ragione.

A pensarci adesso, credo che in cuor mio provassi un misto di infatuazione e di fiducia per il proprietario, di forte compassione per le circostanze di quella casa, e di rispetto per l'affetto che sentivo per gli animali e le piante. Sentimento che, sebbene non me ne rendessi affatto conto, aveva piantato radici ben salde dentro di me e stava crescendo con forza.

Concluso il lavoro della giornata, corsi subito in macchina a Setagaya, al negozio di animali. Tirai un sospiro di sollievo quando vidi che si trattava di un ambiente dall'atmosfera familiare, nonostante le dimensioni e il gran numero di animali in vendita. *La signora non è poi così crudele*, pensai.

Feci il giro delle gabbie per trovare il cane Tarō, ma trovai solo cuccioli. Chiesi notizie a un commesso che mi disse che era ancora nel retro.

"Me lo venda!" gli chiesi. Nel condominio in cui vivevo purtroppo non era possibile tenere animali, per cui pensavo di chiedere un piacere a dei parenti che avevo al paese o a degli amici. Volevo che il cane si tranquillizzasse al più presto. Consapevole fino in fondo di quanto fosse esagerato il mio comportamento, agivo spinta dalla determinazione di raggiungere il mio scopo.

Il cane Tarō costava solamente cinquantamila yen. Non riuscivo a capacitarmi che la signora l'avesse messo in vendita per una cifra così modesta.

All'improvviso ebbi un'illuminazione.

Forse la signora era legata al marito da una sorta di amore-odio e quindi si era sbarazzata del cane solo per fargli del male. Forse anche quello era un tipo, deformato, di amore.

Sapevo bene che a questo mondo la gente non è semplice come me. Fossi stata in lei, mi sarei limitata ad amare o a odiare il marito, di certo non avrei coinvolto gli animali. Io ero un tipo di persona che se fossi stata povera mi sarei comportata con modestia, se invece avessi avuto un po' di soldi, allora avrei fatto la bella vita.

Gli eventi e i personaggi di quella casa, proprietario incluso, appartenevano alla storia di un altro mondo. Provando compassione per le vite di cui si stavano prendendo gioco con le loro distorsioni spaventose, aspettavo il cane Tarō.

Lui, all'oscuro di tutto, arrivò dimenando la coda con un'espressione che sembrava dire: "Finalmente sei venuta a prendermi, eh! Ce n'è voluto di tempo, eh!". E facendo pipì per terra, mi fece le feste e mi salì sulle ginocchia.

Estrassi dal portafoglio cinque banconote da diecimila yen più le tasse, gli misi al collo un guinzaglio che mi avevano dato in omaggio e finalmente conquistai il diritto di portarlo via con me.

Fuori, nel clima mite che preannuncia l'arrivo della primavera, la notte stava scendendo veloce. I fari delle macchine illuminavano l'aria tersa e gli alberi di ciliegio ai bordi del viale erano zeppi di boccioli rosa. Il cane Tarō, al guinzaglio, era felice come durante una delle solite passeggiate.

La brezza primaverile passava attraverso il mio soprabito leggero e mi accarezzava il corpo dolcemente. Con il naso all'insù a scrutare il cielo, decisi che avrei proceduto con ordine, che avrei lasciato il lavoro nella casa e che non mi sarei fatta coinvolgere ulteriormente. Una e una due, un paio di grandi stelle brillavano nella volta celeste. La luna, come un'unghia tagliata perbene, cominciava a calare e irradiava una luce chiara e soffusa.

Non era nemmeno possibile rendersi conto dell'angoscia che il cane Tarō era riuscito a cancellare in me con il suo comportamento gioioso.

Tirava con forza il guinzaglio mentre camminava felice in quella zona della città che vedeva per la prima volta. Pensai che mi sarebbe davvero piaciuto poterlo tenere. Avrei voluto continuare a fare quelle allegre passeggiate. Sotto il chiaro di luna, lungo quel viale affollato, avvolti dalla sicurezza di volersi bene a vicenda. Era meraviglioso che tra due esseri incapaci di capirsi a parole ci fosse quel sentimento gioioso senza ipocrisia. La sua coda folta si agitava nel buio, mentre il piccolo muso annusava qua e là ciò che incontrava sul suo cammino.

"Questa notte sarà la prima che passeremo insieme" provai a dirgli.

Senza poter rispondere, teneva il muso alzato e mi fissava con i suoi grandi occhi.

Gli feci fare un giretto in modo che facesse pipì e insieme tornammo alla macchina. Mentre aprivo la portiera, da dietro sentii una voce chiamare: *Ehi, tu!*

Mi girai e vidi il signor Takada correre verso di me con in mano una gabbia portatile. Spaventata, cercai di nascondere il cane Tarō. Ma nell'istante in cui i nostri sguardi si incontrarono, capii che mi aveva seguita perché sapeva tutto, e mi arresi. Con lo sguardo mi stava supplicando di aspettarlo. *Va bene, l'aspetto*, pensai e rimasi ferma in piedi di fianco alla macchina.

"Grazie" disse lui senza fiato. "Grazie per aver pensato al cane Tarō con tanto affetto, grazie davvero."

"Mi dispiace, è stato un colpo di testa" risposi.

"Non ti preoccupare, anch'io ero venuto a riprenderlo."

"Ma... se lo riporta a casa sua..." interruppi la frase a metà. In quel momento mi era difficile concludere con: *sua moglie lo venderà di nuovo!*

"Non ti andrebbe una tazza di tè? Possiamo mettere il cane Tarō qui dentro. Guarda, c'è uno Starbucks!"

"Non penso che sia possibile entrare nel locale con lui."

"Se ci mettiamo a un tavolino fuori, con questa non dovrebbero esserci problemi" disse indicando la gabbia.

"Va bene."

Lo seguii. Diretti verso il verde dell'insegna di quel caffè, il cane Tarō, ancora più felice per la comparsa del suo padrone, prese a camminare scodinzolando. E ancora una volta pensai come, e in quale ordine, avrei dovuto agire. Tenendo in considerazione anche la mia sventatezza.

La testa era sul punto di scoppiarmi.

"Mentre vado a prendere qualcosa da bere, guarda lei il cane Tarō? Che cosa desidera?" gli chiesi dopo aver trovato un tavolino libero.

"Ma figurati! Vado io a prendere da bere. Cosa vuoi?"

"Insisto, vado io. Tutto sommato per il momento sono ancora al suo servizio, no?" ribattei. *Per il momento...* per un istante pensai di aver fatto una gaffe, ma visto che di lì a poco gli avrei detto che mi sarei licenziata, la cosa non rappresentava un problema. Poi lo aiutai a mettere il cane Tarō nella gabbia, che ci entrò senza fare storie dimostrando un'obbedienza disarmante e si raggomitolò come un gatto.

"Va bene, allora prendimi un cappuccino in un bicchiere grande" disse allungandomi una banconota da mille yen.

"Ma s'immagini! Sono in debito con lei, per cui una volta tanto vorrei che mi lasciasse offrire" risposi. Dopodiché entrai nel bar per ordinare da bere.

Quando tornai fuori con il vassoio in mano, vidi che il proprietario stava piangendo con la testa contro quella del cane Tarō.

Era un uomo grande e grosso, eppure non si preoccupava dei vicini di tavolo, e con il viso affondato nel pelo del cane tremava come un bambino piccolo.

Temetti di aver assistito a qualcosa che non avrei dovuto vedere e così per qualche minuto evitai di avvicinarmi. Per la prima volta mi resi stupidamente conto che, proprio come avveniva negli sceneggiati televisivi, il lavoro di governante portava sempre a essere testimone di situazioni imbarazzanti. Ormai mi ero pentita di averlo accettato. Solo adesso capivo il significato recondito delle parole della signora Yamanaka.

Quello che mi aveva raccontato forse non era che una piccolissima parte di ciò che in effetti sapeva.

Dopo un po' il signor Takada sollevò il viso, si asciugò le lacrime, rimise il cane Tarō nella gabbia e fece finta di niente come se nulla fosse successo. A quel punto mi avvicinai con discrezione e dissi:

"Scusi il ritardo, ma c'era molta gente".

"La luna è bellissima" commentò lui.

"Sì, è vero" annuii sorridendo.

"Ti ringrazio davvero per quello che hai fatto per il cane."

"Di niente. Sa, anch'io gli voglio un bene dell'anima. Anzi, le chiedo scusa, ho agito senza essere autorizzata. È successo tutto così in fretta..."

"Anche per me è stato un fulmine a ciel sereno. Quando ho telefonato a mia moglie dall'ufficio, mi ha detto che l'aveva dato in affidamento in un buon posto e io sono caduto dalle nuvole. Poi mi sono arrabbiato, le ho chiesto dove l'avesse portato e mi sono subito precipitato a riprenderlo. Sai, sono dovuto stare fuori casa per qualche tempo per impegni di lavoro e adesso la casa è di dominio assoluto di mia moglie, tanto che non so più gli sviluppi delle cose. Mi sento in colpa anche verso di te. So benissimo che non sei una governante, ma una professionista del servizio in tavola, per cui ti prometto che disporrò al più presto in modo che tu possa tornare a fare il tuo lavoro. Ti prego di dimenticare quello che ti ha detto mia moglie."

"Di me parleremo un'altra volta, ma mi dica, pensa di riportare il cane Tarō a casa?" riuscii a chiedergli. Non mi era difficile essere franca con lui, forse perché avevo visto le sue lacrime, il letto dove dormiva, il suo spazzolino da denti, forse perché avevamo condiviso lo stesso giardino, o forse perché i nostri valori non erano così differenti.

"Tu non lo potresti tenere?"

"Nel condominio dove abito, purtroppo non è permesso tenere animali. Pensavo di affidarlo a dei parenti che ho al paese o a degli amici ai quali è appena morto il cane di vec-chiaia."

"Be', allora lo tengo io in ditta, nel mio ufficio. Lì ogni tanto dovrei trovare il tempo di portarlo sul retro a fare quattro passi. Abituato com'è a vivere in casa, sarebbe crudele costringerlo a stare all'aperto. Comunque sia, penserò a una soluzione. In fin dei conti è il mio cane, per cui anche se non sono mai a casa, sono io che me ne devo occupare. Da quando sei arrivata tu, l'ho trascurato sapendo che era in buone mani, adesso però mi sento in colpa. Ah, devo ancora restituirti i soldi" disse mettendosi una mano in tasca.

"Non si preoccupi, va bene così. Tutto sommato è una cosa che ho fatto di mia iniziativa."

"Ci tengo" ribatté serio in viso.

Gli dissi la cifra e lui mi restituì l'intero ammontare, incluse le tasse. Un po' mi dispiaceva avere perso il cane Tarō, ma visto che tanto non avrei potuto tenerlo, me ne feci subito una ragione. Di certo però la gioia e l'eccitazione provate immaginando le modifiche che avrei dovuto apportare nella casa al nostro ritorno non avevano più ragione di esistere.

Mentre pensavo quelle cose, sia io che il signor Takada restammo in silenzio.

Se in quel momento lui si fosse lasciato sfuggire anche soltanto una confidenza o una lamentela, mi sarebbe di sicuro venuto in odio. Ne ero certa.

Lui però si limitò a parlare di lavoro e gliene fui grata.

La gente andava e veniva e il caffè si affollò. Le grida dei commessi che chiedevano conferma delle ordinazioni volavano nell'aria e a me sembrava di sfiorare con la spalla il cliente seduto dietro di me.

Eppure ero felice.

Sapevo che quella notte il cane Tarō non avrebbe più corso il rischio di avere gli incubi, nei quali, triste, aspettava il mio arrivo in un luogo sconosciuto.

La mattina stessa mi era bastato immaginare quella scena

per sentirmi angosciata. E non ero più riuscita a togliermela dalla testa.

Forse non era normale affezionarsi tanto al cane di un estraneo, tuttavia quello era il cane per cui mi ero preoccupata, al quale avevo curato la dermatosi e di cui ero divenuta amica.

Lui era il compagno affettuoso che, dopo essermi appisolata davanti alla stufa un pomeriggio d'inverno, avevo ritrovato addormentato al mio fianco con la saliva che gli colava dalla bocca.

"La prego, mi faccia tornare a lavorare al ristorante" gli dissi con lo stesso moto d'impeto con cui avevo finito di bere il mio caffè americano. "Oggi sua moglie mi ha chiesto di restare ancora un po' a occuparmi della casa. Io però credo di non potercela fare."

"Ti capisco. Credo di non potercela fare nemmeno io" disse lui pensando di essere spiritoso. Nessuno di noi però riuscì a ridere e visto che ormai non era più il caso di fare commenti o di chiedere altro, restammo entrambi zitti. Ai nostri piedi, nella sua gabbia, il cane Tarō si era addormentato profondamente.

Tuttavia il nostro silenzio non era imbarazzato. Era un silenzio ricco, di quelli che hanno il sapore dell'aria che brilla con i suoi granelli di tempo, e di quell'aria fresca che, se respirata profondamente, riempie i polmoni di qualcosa di bello.

"Pensa di farmi tornare a lavorare all'Arcobaleno?" gli chiesi ancora una volta.

"Ah, scusami, non ti ho ancora risposto. Certamente! Te lo ripeto: non preoccuparti di quello che ti ha detto mia moglie! Sono io che ti chiedo per favore di tornare a lavorare al ristorante. Non puoi immaginare quante volte il direttore mi abbia detto che sei bravissima e, a dire la verità, adesso pare che siamo a corto di personale. Vedrai, farò in modo che mia moglie non ci metta becco!"

"Le farò avere le mie dimissioni scritte, però preferirei

non dovere più andare a casa sua. Sa, senza gli animali, non penso che la cosa abbia senso e mi sentirei fuori posto. Invece, se possibile, vorrei tornare a lavorare all'Arcobaleno al più presto" dissi.

"Anch'io penso che sia la cosa migliore. Sapessi quanto mi riempie d'orgoglio il tuo attaccamento a quel lavoro. Quello che è successo oggi lo terrò per me. Credimi, era mia moglie che voleva che restassi a casa nostra. Le dirò che servi al ristorante perché siamo improvvisamente rimasti senza un cameriere. Sarà un gioco da ragazzi, non ti devi preoccupare! Adesso lei è tutta indaffarata con la nuova ditta di catering in cui ha investito un sacco di soldi. Io però sto pensando di uscirne, un po' perché il ristorante non sta andando molto bene, un po' perché abbiamo due modi diversi di vedere le cose. Forse un giorno sarò costretto a trasferire l'Arcobaleno in un locale più piccolo, ma anche in quel caso vorrei che tu continuassi a lavorarci."

"Grazie mille."

Mi sentivo felice dal profondo del cuore.

"Comunque sia, visto che non è colpa tua se il lavoro a casa nostra è venuto meno, lo stipendio di questo mese ti verrà pagato regolarmente. In compenso tornerai all'Arcobaleno soltanto dal prossimo mese, per prima cosa, perché non vorrei che il direttore interpretasse male le tue dimissioni improvvise, poi, perché immagino che ti serva ancora un po' di riposo. E poi così c'è il tempo di sistemare le cose."

"Va bene. La ringrazio infinitamente. Le prometto che mi darò da fare mettendocela tutta" risposi.

"Posso chiederti un ultimo favore?" disse il signor Takada dopo una breve pausa, come se avesse preso una decisione.

"Mi dica!"

"Non potresti tenermi il gatto per un po'?"

"A casa mia non è possibile" risposi.

"Lo so, ma te lo chiedo lo stesso. Perdonami! È molto vecchio, per cui mi dispiacerebbe se dovesse cambiare ambiente in modo radicale... Anche se alla fine dovessi riuscire a tenerlo, intanto che convinco mia moglie, sono sicuro che lo metterebbe in una pensione per animali. Sai, per un animale non c'è niente di più doloroso che vedere i propri padroni litigare per la sua sorte. E per quanto si cerchi di tenerglielo nascosto, lo capiscono subito. Però, se lo tenessi tu, forse lo shock sarebbe meno grave."

"Non se ne vuole liberare, allora?"

"Siamo insieme da dieci anni, per me sarebbe impensabile. Sapessi quanto gli sono riconoscente per tutto l'aiuto psicologico che, insieme al cane, mi ha dato in questi anni di duro lavoro. Sono sicuro che se facessi una cosa del genere la fortuna mi si rivolterebbe contro e la pagherei cara. Forse a questo mondo l'unica persona in grado di capire questo mio attaccamento al gatto Tarō sei tu. Adesso però a casa mia la situazione si è complicata e ci vorrà tempo perché riesca a risolvere ogni cosa. Quello che ti sto chiedendo, vorrei che non lo considerassi come il favore da fare al titolare. Così immagino che non sia facile dire di no. Nella peggiore delle ipotesi, terrò anche lui nel mio ufficio sperando che non soffra più di tanto. È un favore che ti chiedo perché mi fido di te e so che anche tu gli sei affezionata. Per me quel gatto è davvero importante."

"Ho capito" risposi. "Io e il mio padrone di casa siamo compaesani, abbiamo un buon dialogo e il nostro rapporto è ottimo. Sono sicura che, se gli spiego come stanno le cose, molto probabilmente capirà. Nei periodi in cui dovessi essere fuori casa, però, pensa che potrebbe risentirne se lo porto in una pensione?"

"Per qualche giorno o solo per una settimana, no di certo" rispose con un sorriso raggiante. Poi aggiunse: "Tu sei l'unica a cui siano davvero affezionati i miei animali".

"Non sarà perché, a parte lei, tra le persone che orbitano intorno a casa sua nessuno è interessato a loro?" Temetti di avere esagerato, ma ormai era tardi.

"È proprio per questo che per me loro sono importanti" rispose lui sereno.

"Presto però arriverà un bambino, no?" dissi.

"Bisognerà vedere se me lo lasceranno toccare." Con il volto illuminato dall'ennesimo sorriso, quello fu il suo unico commento. E senza volere, contagiata dalla sua espressione, anche a me venne da sorridere. Fu la fine della nostra conversazione. E il fatto che l'avessimo capito entrambi rese ancora più evidente la sintonia che esisteva tra noi.

Per azzardare un paragone un po' avventato, il signor Takada era quasi come il gatto Tarō. Non che la cosa mi riguardasse direttamente, pensavo però che anche lui si trovasse in una situazione molto complicata, di quelle dove non sai cosa fare, da che parte cominciare. Mia nonna mi aveva detto di prestare attenzione a Tōkyō, perché sbagliare scelta del partner significava precipitare in un baratro. Era proprio così! Quello che sarebbe successo di lì in avanti era una questione che riguardava soltanto lui e sua moglie, io non potevo certo intromettermi.

Lo ammirai, perché essere arrivato ad aprire un ristorante nonostante quell'ingenuità di carattere non poteva dipendere che da un prestigio innato. Mi chiesi quanto una persona di una certa età come il nostro direttore, ben capace di fare i suoi conti, sarebbe stata disposta a seguirmi se la stessa cosa l'avessi fatta io, scommettendo il tutto per tutto, e la mia ammirazione ne uscì accresciuta. A ben pensarci, oltre a me, c'erano altre quattro o cinque persone dello staff che lavoravano per lui da quasi dieci anni. A noi tutti lui piaceva e in lui riponevamo la nostra fiducia.

"Avrò bisogno di chiamarti per la questione del gatto, per cui, se non ti dispiace, potresti darmi il tuo numero di cellulare?" mi chiese e io glielo diedi subito.

Dopodiché mi accompagnò fino alla macchina. Infilai le mani nelle fessure della gabbia e accarezzai il cane Tarō. Sapevo che prima o poi non sarebbe più stato possibile veder-

si, tutto però era successo così in fretta che mi sentivo un po'
triste. "Vi vedrete ancora di sicuro" disse. Io annuii e sorrisi,
dicendogli che, se quello era il modo perché lui potesse continuare a essere felice, a me la cosa stava bene.

All'improvviso entrò in macchina una ventata d'aria fredda che portava con sé il profumo dei fiori, preannunciando
la fine dell'inverno.

"Sta per arrivare la primavera" aggiunse chiudendo la portiera.

Con un breve gesto della mano, lo salutai e mi accomia-
tai da lui, da quel suo aspetto di ragazzino scappato di casa
che ha appena salvato un cane abbandonato sul ciglio della
strada.

Il periodo trascorso nel bungalow di Moorea era stato davvero spensierato. Andava bene comunque uscissi vestita e mi ero fatta anche qualche amico. A Bora Bora, invece, l'hotel era di gran lusso e c'erano solo ospiti ricchi, persone anziane e coppie in viaggio di nozze.

Comunque, il posto era splendido.

Io ero sola e non avevo niente da fare, e proprio per quello mi godevo il cottage sull'acqua arredato davvero con buon gusto. Ben esposto al sole e completamente in legno, aveva addirittura la vasca da bagno inserita in una struttura anch'essa di legno. Nell'insieme, l'atmosfera era molto rilassante. Da un punto del pavimento su cui era posato un grande vetro trasparente, si potevano osservare i pesci tropicali ed era possibile tuffarsi in acqua dalla scaletta che scendeva direttamente in mare.

L'ultimo pomeriggio che trascorsi in quell'hotel andai a vedere il tramonto dal bar di fianco alla piscina.

Ancora eccitata da quello che avevo visto durante il Tour della laguna, non mi andava di tornare subito in camera e così avevo deciso di fermarmi a bere qualcosa.

Il bar era decorato con degli enormi tronchi arrivati sulla spiaggia trascinati dalla corrente, le loro spaccature stranamente levigate davano l'idea di quanto fosse durata la loro deriva. Dal mio posto sulla terrazza, mi godevo la vista sul Monte Otemanu che, esibendosi austero nelle sue forme squadrate, svettava alto davanti ai miei occhi. E mentre il mare si tingeva di un rosso meraviglioso, vedevo i bagnanti camminare lungo la spiaggia scherzando, stanchi dopo una lunga giornata di divertimenti.

Con il pareo sopra il costume, bevevo il mio Mai-Tai. Non mi sentivo fuori luogo perché non avevo più l'aspetto di una ragazzina, e ormai i commessi dei negozi e i dipendenti dell'hotel, che conoscevo di vista, mi salutavano. Mi sentivo a mio agio, anche se a dire la verità di clienti come me non ce n'era nemmeno uno.

Non mi sembrava di trovarmi in un albergo, ma di essere su una grande nave e di girovagare per i suoi ponti e, grazie alla mia scarsa loquacità, potevo starmene in silenzio per ore e ore, senza sentirmi affatto sola.

Il viaggio si stava avvicinando alla conclusione, quella era l'unica consapevolezza che mi rattristava un poco.

Ogni volta che pensavo che, per come erano andate le cose, non ero più sicura di poter tornare all'Arcobaleno e di divertirmi come una volta, mi sentivo smarrita in quel panorama splendido, carezzata da quella piacevole brezza.

Non si trattava solo di riprendere il lavoro; avrei voluto continuare a vivere vicina al signor Takada e pertanto sentivo di doverlo aiutare a uscire da quella situazione così complicata.

Un desiderio però ben diverso da quelli che fino ad allora avevo provato nel mio cammino. Niente spaventa come ciò che non si conosce.

Come se non bastasse poi mi aveva detto che non ci saremmo mai più rivisti.

Il suo viso serio e risoluto e la rapidità dei passi con cui se ne era andato mi erano comparsi in sogno più di una volta, e sempre mi ero svegliata in uno stato di tristezza indescrivibile. Ormai era troppo tardi, mi sembrava di aver commesso qualcosa di irreparabile. Avevo sottovalutato la determinazione delle sue decisioni. Se per caso l'avessi incontrato al ristorante e mi avesse guardata con quello sguardo freddo, avrei perso tutte le certezze e non sarei più riuscita a lavorare con entusiasmo, la vita stessa mi sarebbe sembrata opprimente.

Ogni tanto all'improvviso sentivo rimbombare nella testa le terribili parole che avevo pronunciato.

La bellezza del panorama accentuava la tristezza e la rabbia che provavo. Col calare della notte, la sabbia bianca della spiaggia sembrava fluttuare nell'aria dando vita a un miraggio sfumato. Nel bar vennero accese delle luci chiare e i colori dei cocktail si fecero ancora più vivaci.

Su quell'isola, quando prendeva a soffiare il vento che sapeva di salsedine, la notte cominciava a divorare ogni cosa. Spaventosa, dolce, non si poteva contrastarla. Giungeva dal mare insieme a un silenzio profondo come la morte e in un baleno riempiva il mondo.

Smisi di riflettere. Sentivo freddo, per cui decisi di tornare in camera subito dopo aver finito il mio Mai-Tai. Mi sarei fatta un bagno caldo, mi sarei cambiata, avrei raccolto i capelli e sarei tornata a cenare al buffet. Era l'ultima sera, mi sarei concessa di assaggiare un po' di tutti i dolci e avrei ordinato del buon vino. Queste erano le sciocchezze che adesso mi passavano per la testa. Era inutile pensare al futuro, e concentrandomi solo sulla serata, come sempre succedeva in quei casi, ritrovai la mia serenità.

Sì, su quell'isola non era possibile conservare a lungo un sentimento greve. Tanto meno concentrarsi in profondità. Vivere alla giornata era il massimo che si potesse fare. I pensieri si inceppavano per il caldo, per i raggi del sole troppo forti, per la luce eccessiva. La notte succedeva la stessa cosa, era troppo fitta, troppo buia, il vento troppo impetuoso.

La sera, quando andavo al bar oppure uscivo sulla terrazza per un aperitivo, il tempo pareva dilatarsi e mi sembrava di potere restare così per sempre.

Immaginavo di scappare lontano, di proseguire il mio viaggio fino a sentirmi satura – oltre a Bora Bora e a Moorea erano moltissime le isole ancora da visitare –, di trovare il bandolo di una vita tutta diversa. Sognavo a occhi aperti quanto sarebbe stato bello realizzare quelle fantasie.

Riuscivo a conservare un sentimento neutrale anche di notte, quando le tenebre che portava tra le braccia scendevano improvvise sulla spiaggia. Non mi sentivo euforica, né depressa, avevo l'animo paralizzato in una condizione che esisteva soltanto in quel momento.

Su quell'isola, vicino a quel mare, era divertente anche solo ricordarsi dei lidi che avevo visitato da piccola, mi sentivo appagata perfino a predire il futuro delle coppie di giovani sposi che sentivo parlare al bar o in spiaggia.

Come avevo immaginato di fare, quella sera mi immersi nella vasca e mi scaldai perbene dopo il freddo preso alla laguna e al bar, poi mi preparai per andare a cena.

Mentre, diretta al ristorante, camminavo lungo il pontile fermandomi di quando in quando a osservare il mare, i pensieri vagavano seguendo lo scorrere della natura senza soffermarsi su niente di preciso.

È incredibile la forza di questi fiori. Sapevo che non era il caso di pensare a banalità così scontate, eppure, stregata, non riuscivo a farne a meno. La vegetazione tracimava di un'energia vitale, violenta sotto quel chiaro di luna. Anche in quella notte le infinite creature dall'aspetto grottesco che si celavano nel mare continuavano a dimenarsi nell'oscurità. Su quell'isola la forza della natura trasmetteva messaggi precisi, e davanti a quel panorama gli esseri umani non sembravano fare altro che arrabattarsi nelle loro azioni.

A Tōkyō non esiste una natura del genere e le persone danno alle cose un peso sbagliato; gli animi si ingarbugliano e tutto si complica. Mi persuasi che forse anche a me era successo qualcosa del genere.

Ma questo pensiero non mi impediva di venire assalita da attacchi improvvisi di rimorso, di sentirmi soffocare e di sentire la vista oscurarsi. Ogni volta mi agitavo pensando e ripensando a come sarebbero andate le cose se non mi fossi comportata in un certo modo, se non avessi detto una determinata cosa, ma poco dopo l'angoscia svaniva regolarmente.

Man mano che l'ora del rientro in Giappone si avvicinava, si restringeva il ciclo delle emozioni.

Quando arrivai al ristorante, un cameriere gay che ormai conoscevo di vista mi si avvicinò e disse:

"C'è una signora giapponese sola, non ti andrebbe di sederti al tavolo con lei?". Alzai lo sguardo e vidi che in fondo alla sala c'era una signora anziana molto elegante.

La mia mise non era poi così inadeguata: avevo sulle spalle una specie di scialle lungo perché sapevo che nel ristorante l'aria condizionata era sempre un po' troppo forte. Decretai che così vestita non l'avrei messa a disagio, e pertanto accettai. A dire la verità, non mi dispiaceva cenare facendo quattro chiacchiere.

Quando il cameriere andò dalla signora a sentire cosa ne pensasse, lei alzò la testa e mi sorrise. Fu un sorriso affabile, e fui felice di avere accettato l'invito.

La signora aveva dei problemi a una gamba e camminava col bastone, così andai io a vedere il menù del buffet e le chiesi cosa desiderasse. Dritta sulla schiena, mentre le portavo i piatti, ero felice e per l'ennesima volta mi resi conto che quello era il lavoro che mi piaceva fare.

"È qui sola?" mi chiese mentre sorseggiavamo lo champagne offerto da lei. Doveva avere superato da poco i settanta e si chiamava Kaneyama.

"Sì, sono sola."

"Un viaggio di lusso, eh?"

"Un conoscente mi ha detto che questo posto era splendido. Che se fossi venuta a Tahiti, ci sarei dovuta venire a tutti i costi, ma anche che avrei dovuto partecipare al Tour della laguna, che avrei dovuto soggiornare in un cottage sull'acqua e fare delle passeggiate nel parco. Do un po' nell'occhio perché sono sola, ma le persone dello staff sono talmente gentili con me..." dissi.

"Anch'io vengo sempre sola e ormai mi conoscono tutti. Sa, il mio povero marito ci lavorava quando l'hanno aperto, per cui tutti gli anni quando si avvicina il suo anniversario vengo qui, sola. Se sto in Giappone mi deprimo e mi viene una tristezza che non le dico" commentò la signora Kaneyama. "In quel periodo, vivevo a Tahiti. Prima di venire a Bora Bora poi mio marito faceva la spola tra Tōkyō e un albergo che si trova proprio sull'isola di Tahiti, per cui è come se fossimo sempre vissuti qui."

"Allora conoscerà di sicuro la sede di Tōkyō di un ristorante che è a Moorea! Si chiama Arcobaleno..."

"Certo che lo conosco! Il proprietario, il signor Takada, era sempre a casa nostra."

Mi stupii di sentire il suo nome in quel luogo, al punto da provare un brivido di freddo di fronte a quello scherzo del destino. Pensai seriamente che il sentimento indissolubile che mi legava a lui avesse attirato verso di sé la signora Kaneyama per farmela incontrare.

"Non mi dica!"

"Quel ragazzo! Da giovane sembrava un hippie, di quelli che vivono sulle spiagge. Poi invece si è rimboccato le maniche e ha aperto un ristorante. Qui ha lavorato per molti anni."

"A dire la verità, io lavoro all'Arcobaleno da quasi dieci anni" confessai.

"Davvero? Quando mio marito era vivo, ci sono venuta molte volte! Ma allora noi forse ci siamo già incontrate? Non trova che sia una coincidenza meravigliosa?"

La signora Kaneyama fece un sorriso molto grazioso. Ebbi la sensazione di riuscire a immaginare anche il marito che lavorava alla reception o andava a prendere i clienti in motoscafo fino all'aeroporto.

"È davvero incredibile che lei lavori per Takada! È un ragazzo d'oro, mi creda. E poi ha una vera passione per Tahiti. Se non ricordo male, da piccolo aveva abitato qui per il lavoro dei suoi genitori e poi ha sempre desiderato tornarci. Conosce sia il tahitiano che il francese, balla tutte le danze tradizionali, e quando era giovane ogni volta che lo vedevo mi diceva che a Tōkyō non si sentiva a casa e che preferiva vivere qui. Ed è così gentile! Pensi che quando avevo i bambini piccoli veniva tutti i giorni a tenermeli. Spesso si addormentava con loro e restava a dormire da noi. Se Takada sentisse che le sto raccontando di quando era giovane sono sicura che si arrabbierebbe... è un impulsivo, nel senso buono del termine, con un carattere puro. Di solito se uno ha lavorato fino alle undici di sera e il mattino dopo deve riprendere alle dieci, non ha voglia di giocare con dei bambini, no? Lui invece si dimenticava della fatica e si buttava a capofitto nella realtà che aveva davanti agli occhi. Ero sicura che sarebbe diventato qualcuno. Non le dico poi come giocava con il nostro cane e il nostro gatto... è stato un periodo davvero divertente."

"Mi sembra di vederlo..."

"Al ristorante, poi, erano arrivate molte offerte da parte di investitori giapponesi, ma Takada lavorava così bene che alla fine hanno dato a lui la concessione. E pensi che lui non aveva neanche insistito troppo per averla."

"Anche a me risulta così."

"Ero un po' preoccupata perché, sebbene non sembrerebbe, non è molto risoluto e con gli affari non ci sa tanto fare, invece ha avuto successo... E così... lei lavora nel suo ristorante..."

"Ormai mi vergognavo di aver lavorato per tanti anni all'Arcobaleno senza essere mai stata a Tahiti. E così sono venuta qui e a Moorea. Devo dire che Tahiti adesso mi piace ancora di piu'!"

"Vedrà che ci tornerà. Sa, ci si innamora sempre di più dei posti a cui si viene legati dal destino. Guardi me, ad esempio: io continuo a venirci anche adesso che mio marito non c'è più."

"Anche a me piacerebbe visitare altre isole..."

"Non sarà già in partenza, eh?"

"Domani parto da qui, passo la notte a Papeete e dopodomani ritorno in Giappone."

"Ah sì? È già alla fine del suo viaggio? Peccato, se si fosse fermata qualche giorno in più, le avrei fatto conoscere mio figlio e sua moglie che arrivano la settimana prossima."

"Sarà per un'altra volta. Comunque sia, stasera sono felice di aver parlato con lei e di essere finalmente riuscita a venire fin qui."

Dall'istante in cui le era uscito di bocca il nome di lui, la signora Kaneyama non aveva più smesso di parlarne.

Io, dal canto mio, dall'istante in cui ero arrivata su quelle isole, mi ero innamorata di lui sempre più, giorno dopo giorno.

Pensavo a lui come una ragazzina alla prima cotta, sia che guardassi la luna sia che guardassi il sole.

Anche il mio orgoglio per lui e il ristorante aumentava in continuazione.

Pensavo che quelle erano le isole che l'avevano formato come persona e anche la minima cosa mi commuoveva. L'azzurro del cielo, l'acqua trasparente, lo squalo giallo limone... Sentivo un senso di oppressione al solo pensiero che, superando la barriera del tempo, avevamo visto le stesse cose, e mi rendevo conto di quanto lo amassi e di quanto fossi gelosa di sua moglie. E mi vergognavo della mia stupidità, di quel mio aspetto da ragazza comune e superficiale.

Feci un piccolo sogno, impossibile da realizzare al momento: la signora Kaneyama, io e lui che insieme soggiornavamo a Bora Bora.

E sul viso mi scese una lacrima.

La signora, intenta a tagliare la carne, non se ne accorse. Dissi che andavo a prendere ancora un po' di insalata e mi alzai.

Non mi fido delle decisioni prese quando siamo innamorati. In quei frangenti non siamo più noi stessi, la forza del pensiero altro non è che quella dell'amore, e di certo non scaturisce dall'intimo della nostra persona.

Eppure io ne avevo presa una. Una decisione ferma su cui ero tornata non so quante volte.

È inutile che pensi a lui, se anche non lo rivedrò mai più, tornerò a lavorare all'Arcobaleno e basta. Il mio posto è là e da nessuna altra parte. Nessuno mi può impedire di farlo, tanto meno io stessa.

La signora Kaneyama mi disse di non essere mai stata in un cottage sul mare, perché ne prenotava sempre uno tra quelli nel parco, così la invitai a prendere un tè in camera mia.

"Questa è la sua ultima sera in hotel, è sicura?" disse lei titubante.

"Starei sola comunque, per cui mi fa piacere avere ospiti. Ho portato del tè giapponese, deve assolutamente venire ad assaggiarlo!"

Dopodiché, piano piano, cominciammo la nostra camminata notturna. A stomaco pieno e con un po' di alcol in circolo, mi sentivo rilassata in compagnia di una connazionale incontrata dopo qualche giorno trascorso senza parlare la mia lingua.

La signora camminava lentamente appoggiandosi al bastone. E io al suo fianco mantenevo il suo passo senza sostenerla né tanto meno precederla.

Stando vicino a una signora della sua età, mi venne in mente mia madre e mi rattristai un po'. Mamma era sempre molto scattante e mai una volta aveva camminato più lentamente di me, le sue condizioni economiche, poi, la sua bellezza e la sua eleganza non erano certo quelle della signora Kaneyama.

Tuttavia lo stupore che la signora esternava ogni volta che vedeva un pesce guizzare fuori dall'acqua e quel suo modo di portare la borsetta con il gomito piegato, in qualche modo me la ricordavano. Così come la nonna, manteneva sempre un'aria composta.

Ricordi che non portavano al rimpianto, ma alla consapevolezza di quante fossero le donne anziane a questo mondo. Donne che, una volta tornata al ristorante, avrei servito con zelo, con lo spirito che si adotta con una madre o una nonna.

Per me i veri angeli sono le persone che in certi momenti compaiono all'improvviso a dare luce alla vita. A volte mi capita di incontrarne: esseri sconosciuti con cui il destino ti porta a condividere intensamente un breve lasso di tempo. Esseri in grado di darti consigli preziosi sulle scelte cruciali da prendere di lì a poco.

E questi angeli non compaiono solo sotto spoglie umane. Ad esempio il cane Tarō, anche soltanto dimenando la coda e gironzolando tutto allegro, aveva fatto riemergere in me il coraggio di agire d'impulso seguendo i miei impeti più ferventi.

Se quella volta non fossi andata a cercarlo, me ne sarei pentita per tutta la vita. Mi trovavo a un bivio, non sapevo a quali cose dare importanza, quali fossero le decisioni da prendere. Alla fine avevo scelto di cercarlo. Volevo dimostrargli la mia gratitudine, un sentimento che provavo per lui esattamente come per un essere umano, per aver alleviato il mio malessere senza aspettarsi niente in cambio.

Angeli erano anche i due anziani che avevo incontrato nella laguna. In quel momento il tepore delle loro mani aveva fatto sì che riuscissi a vedere le cose con chiarezza, che non tornassi a Tōkyō con la mente annebbiata.

Grazie a loro ero riuscita a imprimere nella mia mente lo strano colore e la forma affusolata dello squalo giallo limone, provando una precisa sensazione di paura, non certo limitandomi a osservarlo distratta.

Una volta entrata in camera, la signora Kaneyama si eccitò come una bambina quando si accorse che si vedeva il mare attraverso il vetro sul pavimento. Poi prese a raccontarmi varie cose: che suo marito soffriva di vertigini, che a parte quando andava in barca non voleva avere il mare sotto di sé, che quindi non avevano mai dormito in un cottage sull'acqua. I suoi occhi osservavano i pesci nuotare sotto di noi e brillavano dall'emozione.

In viaggio tutti torniamo bambini.

Con il fisico affaticato in un modo non reale, ci sentiamo stanchi pur sempre mantenendo un margine di risorse e dentro di noi germoglia una sensazione del tutto particolare. La sensazione che il mondo sia differente da come l'avevamo creduto fino a quell'istante. Così non ci resta che tornare bambini e scoprirlo di nuovo.

Non c'è niente di male se ogni tanto persone di età diversa si incontrano dopo essere tornate bambine. Di notte, in una camera d'albergo, in un paese lontano. Io e la signora Kaneyama guardavamo lo scorcio di mare illuminato che si vedeva dal vetro spesso fissato al centro del pavimento. Ogni tanto passava un pesce. E il forte vento che soffiava faceva tremare il cottage.

Ci godevamo lo spettacolo chiacchierando del più e del meno, perché non c'era bisogno di parlare dei barlumi delle nostre vite, quelli li conoscevamo a sufficienza. Come pure il calore delle mani appoggiate al vetro, i capelli che scendevano sul viso, la dolce consapevolezza di essere vive, lì in quel momento.

Ringraziai mia madre, mia nonna e la terra in cui ero nata. Il mugghio del mare rimbombava forte mentre il vento che spirava sull'isola pareva ululare. Eppure anche in quel frastuono il ricordo del mio paese non scompariva, continuava a essere più vivido che mai.

Così, mentre recitavo in silenzio le mie preghiere di ringraziamento in quel luogo simile a una cattedrale dell'anima, il mondo in cui ero cresciuta continuava a esistere come sempre. Pensavo alle mie origini: il sorriso che i miei famigliari, ricevendo energia dal mare, avevano sempre con i nostri clienti, aveva messo radici salde anche dentro di me.

Voglio lavorare tutta la vita in un ristorante. Incontrare e osservare ogni giorno molte persone. Così come hanno fatto la nonna e la mamma. Non c'è niente di cui mi debba vergognare, questa è la mia vita.

Se pensavo all'Arcobaleno però... provavo ancora dolore.

Odiavo le seccature, e visto che sapevo di essere emotiva, avevo vissuto sorretta soltanto dalla mia dedizione al lavoro. Ogni volta che c'era un problema mi chiudevo in me stessa fingendo di non vederlo.

La sera che ero andata a prendere il cane Tarō con tanta impudenza, anzi no, quando avevo visto l'attaccamento alla vita di quei poveri animali rinchiusi per giorni e giorni in quella casa vuota, si era risvegliato dentro di me qualcosa che avevo tenuto sigillato dall'infanzia ed ero cambiata radicalmente.

O forse erano state le piante a compiere la magia.

La mia opinione sulle cose, quello che volevo o che non volevo fare, il posto in cui mi sarebbe piaciuto vivere... ero riuscita a inquadrare per la prima volta le domande che non mi ero mai posta, illuminata dall'amore vero delle piante e degli animali. Ciò che avevo ricevuto in dono dai miei genitori, che tipo di persona ero eccetera.

La nuova me stessa nata in quel momento era rigida e inflessibile come un germoglio spuntato all'improvviso, ostinata da far schifo, rivoltante come un essere viscido. Non riuscivo a controllare i desideri, ero una persona diversa da quella che ero stata fino ad allora. Avevo una forza misteriosa ed ero attaccata alla vita in modo cocciuto; le sue radici attingevano dalla terra l'energia della natura.

Non ero ancora abituata a quella nuova me stessa e non sapevo bene come fare per scendere a compromessi.

"Il tè lo preparo io. La teiera è identica a quella che c'è in camera mia. Questo è il tè giapponese che ha portato, vero?"

La signora Kaneyama cominciò a preparare il tè proprio come una mamma, mentre io – un po' imbarazzata – me ne stavo seduta piccola piccola su un comodo divano posto sotto una testata intarsiata con decorazioni a forma di goccia. Sul viso della signora, mentre aspettava che l'acqua bollisse, in silenzio e con la schiena dritta, si rifletteva il blu del mare.

La mia camera piena di legno dai vari colori era simile alla cabina ondeggiante di una nave.

Ero felice che qualcuno fosse con me, una svolta imprevista per quel viaggio dove avevo deciso di starmene per conto mio fino a esserne paga. Anche il fatto che il vapore di quell'acqua messa a bollire non da me riempisse l'ambiente trasmetteva calore.

Quando ero svenuta al ristorante e mi avevano portata in ospedale, dopo avermi diagnosticato un probabile affaticamento da eccesso di lavoro e avermi fatto una flebo, una volta a casa ero rimasta delusa nel rendermi conto di non avere nessuno a cui telefonare.

Chiamare dei parenti sarebbe stato troppo improvviso. Il telefono che più di ogni altro avrei voluto raggiungere era quello della casa dove ero cresciuta, che però adesso non c'era più.

Un'idea stranamente triste, tanto che dopo aver guardato l'apparecchio al mio fianco avevo pensato: *come mi piacerebbe poterlo chiamare da qui*, e subito mi era venuto da piangere.

In quell'occasione pensai addirittura alla solitudine profonda di coloro che avevano inventato storie come quella di Doraemon, di macchine del tempo, di robot perennemente al proprio fianco... Un telefono con cui non è più possibile mettersi in contatto, qualsiasi tentativo si faccia. Una voce amata che non si può più sentire. Pensai alla tristezza universale degli esseri umani che ti porta a immaginare oggetti in grado di risolvere il problema, amici che stanno al tuo fianco senza mai morire.

Ciò che volevo in quel momento non erano né ferie, né medicinali. Desideravo solo quel telefono scassato che si trovava nel piccolo soggiorno – subito dopo l'ingresso – della mia vecchia casa sul mare. Morivo dalla voglia di chiamare quel telefono ormai sul punto di restare sepolto tra un vecchio divano impolverato, pile di riviste e montagne di scatole non ben identificate.

Immaginai l'apparecchio che suonava con quel suo timbro dolce e gentile, ed ebbi l'impressione di sentirmi consolare.

Se per caso la mamma avesse risposto, senza preamboli le avrei detto:

"Sono svenuta al ristorante perché lavoro troppo".

"Torna subito a casa, voglio sapere bene cosa è successo" avrebbe risposto lei con un tono un po' brusco.

Sempre con indosso una specie di tuta, protesa in avanti per arrivare alla cornetta, con la voce leggermente acuta, erano quelle le parole che avrebbe pronunciato.

La piacevolezza di quelle fantasie era tale che non avrei più voluto tornare a vivere il presente.

Seppure pochi, avevo qualche vero amico. Di quelli che, intuendo la mia testardaggine e l'incapacità a esprimere i miei sentimenti, mi dicevano sempre un sacco di cose carine.

Loro però non andavano bene. Gli amici ti consolano con le parole, le azioni, l'atteggiamento, in quei momenti invece andavano bene solo i famigliari perché non ti chiedono niente e magari non si accorgono nemmeno che ti è successo qualcosa. Avrei voluto immergermi in quell'ambiente abitato dalle persone indifferenti di cui conoscevo gli odori, i ritmi quotidiani, con cui avevo un rapporto di pelle.

La mamma si era opposta al mio desiderio di lavorare in un ristorante di Tōkyō. Diceva che "quelli della capitale" non erano in grado di capire la gente come noi che faceva un lavoro modesto per tutta la vita, sempre in balia del clima e dei rapporti personali.

A me non andava di far parte di una realtà che non mi stimava ritenendomi *non una cattiva ragazza – tutto sommato lavora molto e aiuta la famiglia – ma una poco socievole che non si capisce mai cosa pensi.* L'Arcobaleno, anche se era a Tōkyō, era nato per dei motivi ben precisi e ai miei occhi altro non era che un bel ristorante destinato a durare nel tempo. Pertanto nonostante l'opposizione di mamma decisi di impiegarmici. Alla fine, però, con "quella gente che ha un modo di vedere le cose completamente diverso", anche se in un'altra forma, mi ci ero dovuta scontrare sul serio. Mia madre aveva ragione. All'improvviso ero cambiata in una maniera strana e adesso avevo paura di perdere di vista le cose che ritenevo davvero importanti.

Il tè preparato dalla signora Kaneyama, con il suo gusto intenso e amaro, era buonissimo. Mentre bevevamo in silenzio, mi ricordai della governante che i Takada avevano avuto prima di me, la signora Yamanaka. Mi chiesi perché mai il tè preparato dalle donne non più giovani sembrasse così buono.

Poi non riuscii a trattenermi dal farle una domanda sul proprietario.

"Il signor Takada, quando abitava ancora qui, era già sposato?"

La signora Kaneyama si alzò dallo sgabello e andò a sedersi sul letto, poi, dopo aver allungato le gambe, rispose pensierosa:

"No, non ancora".

"Ah, davvero?"

"Una volta l'ho incontrato durante la luna di miele. In compagnia della sua bella mogliettina. Erano di cattivo umore, però. Continuavano a litigare. Chissà se sono ancora sposati..."

"Sembrerebbe di sì. La moglie ha messo in piedi una ditta nuova, sa? Ho sentito dire che sta andando a gonfie vele e che guadagna un sacco di soldi."

"La cosa non mi stupisce. Lui no di certo, ma la signora aveva tutta l'aria di sapere come gira il mondo. Takada non è per niente avido, se fosse rimasto qui non avrebbe avuto nessun problema a lavorare nei ristoranti, aiutare – che so – i pescatori, vivere alla giornata insomma. Quando gli hanno proposto di aprire il ristorante, penso che decidersi gli sia costato molto. Forse non ce l'avrebbe fatta senza una moglie così ben inserita nella realtà del lavoro."

"Ah, sì?"

"Ho sentito dire che è stata la moglie a buttarsi tra le sue braccia. Oddio, erano tutt'e due così giovani... Pare che la madre di Takada fosse di buona famiglia e che lo ostacolasse in tutto, così lui un giorno è scappato di casa. Immagino che ne abbia passate di tutti i colori, anche a livello emotivo. È stato con i soldi che gli ha lasciato in eredità la madre che ha potuto comprare la terra e costruire il ristorante. Non so se i genitori della moglie abbiano contribuito in parte, non lo so perché non ne ho mai sentito parlare, però quando l'ho vista, ho pensato dentro di me che una così prima o poi si sarebbe buttata nel lavoro. Mi aveva dato l'impressione di essere – come dire – molto, ma molto ambiziosa. Un'impressione, s'intende!"

Credetti di aver capito perché il proprietario avesse sposato quella donna. Doveva di sicuro assomigliare alla madre.

Non era una semplice questione finanziaria, pertanto, se le fratture del momento si fossero risolte in un fallimento, sarebbe comunque rimasto un lungo, lunghissimo passato. Al pensiero di quanto fosse gravosa la sua realtà mi sentivo svenire.

Rattristata, cambiai discorso e provai a vedere se sapeva qualcosa del direttore. La signora sorrise e rispose di sì. Disse che lo conosceva molto bene sin da quando era giovane, e che più di una volta l'aveva ospitato a pranzo a casa sua. Mi raccontò addirittura che lui si era innamorato alla follia di una tahitiana ma che questa alla fine l'aveva lasciato, e io scoppiai a ridere.

Parlava, e io la osservavo mentre teneva in mano la tazza del tè.

Aveva il braccio abbronzato, lucente, sottile eppure muscoloso. Mi resi conto che i giapponesi vissuti su quelle isole avevano avuto una gioventù intensa. E che quel braccio ne rappresentava una parte. Si sfamavano a vicenda, si raccontavano i loro problemi, condividevano la malinconia di vivere in una terra straniera.

Sentii anche che erano stati quel mare, quelle montagne e quel vento che soffiava forte a creare il ristorante che avevo amato.

"Lei e suo marito vi siete sposati per amore? Vi siete conosciuti qui?"

"Ci siamo sposati abbastanza tardi perché eravamo alle seconde nozze. Non ci siamo conosciuti qui, ma a Tōkyō, ed è stato un grande amore. Lui lavorava alla reception di un hotel dove andavo spesso" disse la signora sorridendo. "Io sono sempre stata la cocca del nonno, il papà di mia madre. Lui era un albergatore e a me piaceva tantissimo, per cui ho sempre avuto un debole per chi lavora negli alberghi ed è anche per quello che mi sono innamorata di mio marito. Ancora adesso quando vedo quei ragazzi là fuori correre scattanti, mi si stringe il cuore. Mi sembra di vedere mio nonno e mio marito."

Quelle confidenze, se mi fossero state fatte nel mio piccolo appartamento di Tōkyō, le avrei trovate opprimenti, su quel mare invece, risuonavano leggere. Era come se la gravità degli argomenti venisse portata lontano e assorbita dal rumore del vento e delle onde.

"Quando mi sono sposata la prima volta ero giovanissima, non sapevo niente di niente. Ero la classica signorina perbene cresciuta nella bambagia, e lui un bel ragazzo molto ricco. Avevo perso la testa per lui alla sola idea di sentirmi desiderata. I suoi genitori poi ci hanno costruito una casa e io ero al settimo cielo. Purtroppo però, proprio perché era un tipo prestante, si è rivelato subito un viveur sempre in giro a divertirsi" disse la signora Kaneyama col sorriso sulle labbra.

"Quelli non erano certo tempi in cui una donna nelle mie condizioni potesse lamentarsi, per cui me ne stavo buona in casa ad aspettare che tornasse. Non ero mai stata così ricca fino ad allora anche se ero nata in una famiglia di proprietari terrieri. Ero cresciuta in un ambiente dove i nonni paterni e quelli materni, mia mamma, mio papà, i miei fratelli e qualche zio vivevano tutti nello stesso quartiere, per cui per me era una sofferenza terribile stare sola in quella casa.

"Tenevo duro con tutta me stessa, al punto da non rendermi nemmeno conto di quanto fossi triste. E non le dico come ero dimagrita! Quando sono andata dai miei per Capodanno, mia madre si è accorta che qualcosa non andava, ha cominciato a farmi il terzo grado e alla fine ha scoperto che mio marito a volte stava fuori casa per giorni e giorni.

"I matrimoni di allora però erano molto più indissolubili di quelli d'oggi, per cui anche i miei, sebbene fossero molto preoccupati, non potevano aiutarmi in nessun modo. Quelle rare volte che mio marito tornava a casa, cercavo di chiacchierare con lui e facevo di tutto perché si fermasse più a lungo. Inutile! Alla fine era sempre a casa dell'amante e io ho vissuto praticamente sola per più di due anni."

"Deve essere stata molto dura..."

"A quei tempi non ero certo una rarità" commentò la signora Kaneyama.

Osservai il suo profilo e vidi emergere l'immagine di quando era giovane, di quando ancora ignorava la realtà che la circondava, ed era magra e debole.

"Lei non è ancora sposata?"

"No, non ancora."

"Quanti anni ha?"

"Ventisette. Sa, sono così impegnata col lavoro..."

"Non c'è nessunissima fretta! Io mi sono risposata tardi e il mio matrimonio è stato bellissimo lo stesso. Soprattutto adesso che si possono scegliere molte forme di convivenza. Approfitti di questo periodo in cui è nata e veda di scegliere con calma!"

Proprio come le prediche della mamma, pensai e annuendo le dissi che avevo capito.

"C'è qualcuno che le piace, con cui è insieme?" chiese la signora Kaneyama.

"La situazione è un po' complicata" risposi.

Complicata... Bastò quella parola perché mi venissero le lacrime agli occhi. L'amore è sciocco. Anche in mezzo a quel mare, ti viene da piangere soltanto al ricordo dell'amato lontano. Qualunque fossero stati gli errori commessi, i nostri cammini non si sarebbero più incrociati. Tutt'a un tratto mi trovavo in una situazione strana in cui non potevo più trattenere la tristezza.

Dopo quello che avevo detto, dopo le parole che mi erano uscite di bocca, ormai non sarebbe più stato possibile tornare indietro. Forse, però, se avessi agito subito, avrei potuto fare qualcosa. Lo pensai e l'animo mi vacillò ancor di più.

Chissà se in quel momento era con il cane Tarō. O con la moglie sotto lo stesso tetto. Chissà se pensava a me. O se si sentiva oppresso con l'animo in fiamme e la mente assente.

Chissà se sotto quel chiaro di luna anche lui stava cercando di comunicarmi qualcosa, mentre mi trovavo alla mercé di quel vento violento. Se avessi agito subito, avrei fatto ancora in tempo.

Chissà se con le sue mani magiche si stava prendendo cura delle piante, se parlava con loro sorridente. Oppure se moriva dalla voglia di parlare di me con il direttore del locale.

Chissà se restava a pensare nella sua stanza al buio, mentre come quella volta fatidica dalla finestra entrava una dolce brezza primaverile.

"Ah..."

La signora Kaneyama, forse perché aveva intuito che non mi andava di parlarne, evitò di farmi altre domande.

"Come ha fatto a porre fine al suo primo matrimonio? È stato perché non tornava mai a casa?" Ero talmente incuriosita che non riuscii a non chiederglielo. Non potevo credere di avere pronunciato quelle parole in modo così spontaneo. Se non fossi stata in viaggio, se il mio carattere non avesse attraversato un periodo di mutamento, quello era un genere di cose che non mi sarei mai permessa di domandare.

La signora, anche se mi conosceva da poco, rispose senza nessun problema.

"Me ne sono andata di casa." Poi con aria malinconica aggiunse: "Sono davvero contenta di averlo fatto. È stato un gesto molto audace per i miei vent'anni o poco più. Se ci penso adesso che non ho più paura di niente e di nessuno, non mi sembra di avere fatto qualcosa di incredibile, ma per com'ero a quel tempo, era stata una decisione difficilissima, di quelle che ti cambiano la vita".

La sua storia non era finita.

"I miei genitori, dimostrando grande affetto e perseveranza, continuavano a dirmi di lasciarlo, di non preoccuparmi anche se fossi stata io a chiedere il divorzio. Io però non volevo far vedere ai miei suoceri che cedevo, e così decisi di fare un ultimo sforzo per cambiare mio marito con la forza e la tenacia che mi erano rimaste. Sa, ero giovane e lui era stato il mio primo amore. Ormai ero abituata a stare quasi sempre sola. Insomma alla fine mi sono messa in testa che sarei venuta a capo della situazione a tutti i costi.

"Una sera però, senza preavviso, mio nonno è venuto a

trovarmi a casa. L'avevo invitato un'infinità di volte, ma non era mai voluto venire.

"All'improvviso, così, ho sentito suonare il campanello. Ho guardato attraverso lo spioncino e me lo sono ritrovato davanti. Non potevo crederci. Gli ho aperto subito, chiaramente."

Quando arrivò a quel punto della storia, si commosse un poco.

"Il nonno mi ha guardata negli occhi e mi ha detto: *hai già sofferto abbastanza, non sei fatta per stare qui sola. Sono venuto a prenderti, torniamo a casa!*

"Per me la cosa era fuori discussione, così l'ho invitato a togliersi le scarpe e a entrare in casa.

"Lui però mi ha detto: *questa non è casa tua, non posso entrare. Ti aspetto qui, preparati!* E si è seduto sul gradino dell'ingresso.

"Sa, era un albergatore cocciuto, sempre vestito bene, educato nel parlare. Quando gli veniva chiesto di fare qualcosa di cui non era convinto, più di una volta l'avevo visto rifiutarsi categoricamente, mantenendo sempre però la sua buona educazione e un portamento elegante. Non era il tipo da cambiare idea facilmente. Come le dicevo, si è seduto e con la testa girata verso di me è rimasto a guardarmi in silenzio.

"Di certo non potevo dirgli: *tornatene a casa per favore!* Allora gli ho detto che gli avrei preparato un tè, l'ho lasciato in ingresso e sono andata in cucina tutta agitata. L'avesse vista! Era una cucina ben attrezzata, due o tre volte più grande di quella che avevano i miei. E poi ho fatto quello che ho fatto adesso: sono rimasta a fissare il bollitore aspettando che l'acqua bollisse. Dentro di me mi sentivo confusa, non sapevo più cosa fare.

"Non avevo nessuna intenzione di andare con lui, in quel momento quella, e solo quella, era la mia casa. Quando mi ero sposata avevo giurato a me stessa che non sarei mai tornata dai miei da divorziata, e sa, non è semplice mettere in discussione certe decisioni, anche se sbagliate.

"Però all'improvviso, in un istante, tutto cambiò.

"Mentre aspettavo che l'acqua bollisse, ho dato un'occhiata all'ingresso – che era in fondo al corridoio – per vedere cosa stesse facendo il nonno. Lui era sempre lì immobile, con ancora indosso il cappotto, seduto sul gradino e per niente intenzionato a entrare. Con il suo cappotto buono, quello pesante di cachemire nero che metteva sempre quando andava in albergo.

"Era seduto di spalle. Con l'orlo del cappotto che toccava leggermente le scarpe di mio marito che erano davanti al gradino.*

"Quelle stesse che ogni giorno lucidavo alla perfezione e mettevo in fila per non sentirmi triste, come se lui fosse stato in casa.

"Ebbi l'impressione che il nonno si stesse sporcando... e l'istante dopo mi resi conto che stavo in quella casa solo per puntiglio, mio marito non sarebbe più tornato. Il cappotto del nonno che toccava le sue scarpe per un momento mi era sembrato qualcosa di sporco e, anche se avevo cercato di rimuovere subito il pensiero, non c'erano dubbi che mi avesse scossa. Quelli erano i miei veri sentimenti.

"Ero sposata da poco e stavo vivendo una situazione difficile, per cui sarebbe stato normale che l'affetto per il nonno perdesse il confronto con l'amore che provavo per mio marito. In un attimo però avevo capito, senza perplessità, senza un frammento di dubbio, che non era l'amore per mio marito a sostenermi, ma la cocciutaggine, l'orgoglio, gli obblighi di gratitudine che sentivo per la bella casa che i suoi genitori mi avevano regalato.

"Una logica però a cui sono arrivata dopo, quando sono riuscita a parlarne. In quell'istante invece non riuscivo a tol-

* Il pavimento delle case giapponesi è leggermente rialzato rispetto a quello dell'ingresso. Dopo aver varcato la soglia si trova dunque un gradino che delimita il punto oltre il quale si deve assolutamente camminare senza scarpe. Sebbene spesso negli ingressi vi siano anche delle scarpiere, di solito è davanti a questo gradino che vengono lasciate in fila le scarpe di tutti i giorni. [N.d.T.]

lerare che il cappotto del nonno toccasse le scarpe di mio marito, che quel grande animo nobile che era il nonno si stesse sporcando.

"Per certi versi ero ancora una bambina e mi commuoveva l'idea che il mio caro nonno fosse venuto a portarmi via. Sentivo che l'aveva deciso senza parlarne con nessuno: *oggi vado a prenderla, punto e basta!* Sapevo anche benissimo che, se non l'avessi seguito, lui non si sarebbe mai più intromesso nel mio matrimonio.

"Era stata una decisione presa rischiando tutto l'amore che nutriva per me, e la prova che nel profondo io credessi che non fosse una cosa sbagliata stava nel fatto che quello che avevo visto mi avesse disturbata.

"Allora spensi il fuoco sotto il bollitore e rinunciai al tè. Chiesi al nonno di aspettare ancora un po', misi in una borsa il minimo indispensabile e me ne uscii per sempre da quella casa.

"Era una fredda giornata invernale e fuori nevicava leggermente. Il nonno camminava davanti a me con il suo passo spedito, il cappotto che non si scomponeva nemmeno sotto il vento gelido e il nevischio che gli si fermava un po' sulle spalle. Quando mi sono accorta dell'affetto e dell'ammirazione che provavo per quel portamento elegante con cui si era preso cura di migliaia di persone e che l'aveva sorretto dietro il banco di una reception, mi sono commossa.

"Era una vista che infondeva fiducia, bella in un modo strano. In quel mondo grigio il suo cappotto nero era una presenza ferma, e anche se la tramontana mi scompigliava i capelli ostruendomi la vista, riuscivo a vedere chiaramente la sua schiena, il viale sul far della sera e i fiocchi di neve che danzavano nell'aria.

"Ho giurato a me stessa che avrei divorziato e che, se per caso mi fossi risposata, non avrei mai più fatto soffrire il nonno. Faccio a meno di dirle che poi ci sono state mille litigate, che i miei suoceri mi hanno rinfacciato di avermi comprato la casa, che mi hanno detto che ero solo una ragazza viziata e incapace di stare lontana dalla famiglia. Ormai però avevo deciso, e non sono riusciti a smuovermi dalla mia decisione. Sapevo con precisione di cosa essere orgogliosa e le cose a cui dare importanza.

"Questa è la storia dell'istante in cui la mia vita è cambiata" concluse la signora Kaneyama.

"È una storia molto bella, e anche molto comprensibile" commentai sincera.

"Chissà perché quando sono in questo albergo continuo a ricordare il passato... Mi perdoni, lei domani parte e io sono stata qui a disturbarla per tutto questo tempo. Adesso la saluto anche perché mi è venuto sonno. Il suo tè mi ha scaldata perbene, sa?"

"Mi ha fatto piacere sentire tutte le sue storie, quella di quando il direttore era giovane, poi, mi ha fatto davvero ridere. Se non si offende, perché non tiene lei il tè che è rimasto? Lei si ferma qui ancora un po' di tempo, no?"

"Sì. Ci sono così tante persone che devo vedere! Starò qui ancora due settimane. E poi, come le dicevo prima, la settimana prossima arriva mio figlio con moglie e figli. Quando ci sono loro, però, io devo stare dietro ai bambini e non ho più tempo per altro. Allora ogni anno vengo sempre un po' prima, perché mi piace immergermi nei miei pensieri."

La signora Kaneyama rise.

Le dissi che l'avrei accompagnata e uscii con lei. Il pontile era immerso nel buio, a parte qualche luce che illuminava soltanto le assi di legno del pavimento. Il vento soffiava rumoroso e le stelle rifulgevano di una luce violenta. Osservando insieme a lei le sagome delle piante, dei fiori e dei monti che respiravano nell'oscurità arrivai fino al suo cottage. Lungo quel cammino deserto, percepii una vasta gamma di vite. Branchi di pesci che si celavano sott'acqua, montagne di ricci e una barriera di corallo che viveva sotto il ponte. Camminavamo chiacchierando a voce bassa. Ogni nostro passo scandiva un istante prezioso. Mi accorsi di sentirmi sollevata dopo avere ascoltato le sue confidenze. Come se i miei timori fossero stati lavati con l'acqua pura.

La signora Kaneyama disse:

"Mio marito faceva sempre in modo di prenotare questo cottage, perché di giorno si vede bene il monte laggiù". E con il dito indicò nella direzione del monte. Io però non riuscivo a distinguere nulla all'infuori delle tenebre nere come la pece. Quando arrivammo sulla porta, ebbi l'impressione di averla accompagnata fino alla soglia di casa sua, anziché alla porta di un cottage. Un luogo impregnato di ricordi, suoi e del marito.

"Mi raccomando, mentre ritorna in camera sua stia attenta a non cadere in mare" disse la signora Kaneyama ridendo.

Io le strinsi la mano e le dissi:

"Quando torna a Tōkyō, venga a trovarmi al ristorante!".

Mi sentii fiera di essere riuscita a dirglielo senza esitazioni. Dopodiché, sotto quel cielo stellato, mi diressi al mio cottage.

Quando il signor Takada mi telefonò perché andassi a prendere il gatto Tarō, era passata una settimana dalla fine della mia carriera di governante.

Dalla moglie, invece, avevo ricevuto una telefonata di fuoco perché l'avevo piantata in asso all'improvviso. Mi aveva detto addirittura che pensava di parlare al marito della mia mancanza di professionalità in modo che mi licenziasse. Non sembrava però che avesse scoperto come erano andate le cose con il cane Tarō, per cui feci finta di chiederle scusa con una serie di argomenti raffazzonati.

"Mi dispiace, signora! Al ristorante adesso c'è davvero molto da fare e, dopo tutti gli anni che ci ho lavorato, non potevo più starmene in disparte. Poi adesso il cane non c'è più e il direttore mi ha detto di aver sentito da suo marito che presto arriverà la nuova governante. Pensavo che lo sapesse anche lei. Mi dispiace molto di essermene andata senza salutarla..."

La collera della signora Takada si placò e alla fine mi perdonò. Mi pregò però di andare a spiegare il funzionamento della casa alla nuova governante quando questa fosse arrivata. Ormai non poteva più chiederlo alla signora Yamanaka. Pensai che tutto sommato mi fosse andata bene e così le dissi di non preoccuparsi, che ci sarei andata e che le avrei anche portato le mie dimissioni scritte. Mi scusai umilmente e precisai che per quel mese non c'era bisogno che mi pagasse un centesimo dello stipendio. Mi sarei prostrata al suolo pur di non tornare in quella casa.

"Allora non hai proprio nessuna intenzione di restare ancora un po'?"

Me lo chiese tre volte, ma io mi giustificai dicendole che il lavoro al ristorante mi piaceva davvero molto. Il significato sottinteso delle sue parole era: *tu sei giovane, lavori bene e costi poco.* Con me, forse, rispetto a una governante di una certa età, si sentiva a suo agio. Certo, le piacevo anche perché, dopo tutti gli anni trascorsi a sbrigare le faccende di casa dai miei, ero abbastanza brava. Forse pensava che i dipendenti di suo marito fossero anche suoi e si sentiva legittimata a usarli come meglio credeva. O forse pensava, visto che ormai ero venuta via dal ristorante, che dovessi fare quel mio nuovo lavoro senza tante storie. Nemmeno se avesse provato a pensarci sarebbe riuscita a capire ciò che non mi andava a genio, e perché me ne fossi andata. Per me era inconcepibile trattare gli animali in base all'egoismo degli esseri umani, assistere ai litigi coniugali, fare le pulizie per una famiglia senza sostanza, prendermi cura di un bambino che non era figlio del signor Takada.

Ero sicura che avrebbe riferito tutto al marito in malo modo e che avrebbe fatto pressione perché mi cambiasse di ruolo, anche senza arrivare a chiedergli di farmi fare la sguattera. Nella peggiore delle ipotesi poteva succedere che venissi davvero trasferita nella sua ditta di catering. Sapevo che ferire nell'orgoglio persone come lei avrebbe sicuramente comportato una punizione.

Provavo anche un po' di imbarazzo. Era giusto fare tanti capricci per un posto di lavoro, tanto che il proprietario dovesse mentire per coprirmi?

Nelle aziende era normale essere trasferiti in reparti assurdi per decisione dei superiori, era una realtà di cui ero al corrente.

Non ero ingenua fino a quel punto. Dopo essermi ripetutamente sentita male sul lavoro, avevo rifiutato l'offerta di venire trasferita a un incarico più semplice, e avevo anche rinunciato a quell'impiego – in teoria più leggero – di sostituta della governante. Stavo impuntandomi soltanto perché volevo tornare al mio lavoro originario... Se si fosse osservata in modo oggettivo, la mia condizione attuale poteva essere vista in quest'ottica.

Chissà perché le cose erano finite così. Dopo l'affaticamento che avevo accusato, gli ingranaggi si erano inceppati. A sapere che ero destinata a questa fine, avrei fatto bene a prendermi un periodo di ferie, a riposarmi perbene, e a ritornare al ristorante come se niente fosse stato. Il funerale della mamma e i numerosi viaggi al paese per sistemare le cose con i miei parenti mi avevano stressata, di notte non riuscivo a dormire. Avevo sbagliato però a sottovalutare il lavoro, pensando che con tutti i miei anni di esperienza non ci sarebbero stati problemi. Ormai era troppo tardi. Mi rattristava l'idea di ritrovarmi, come per colpa di un maleficio, in una situazione del genere.

La decisione che riguardava il mio ritorno all'Arcobaleno era ancora sospesa nel vuoto. Come ultimo stipendio avevo ricevuto più di quanto mi spettasse, per cui non ero preoccupata per i soldi, il direttore però mi aveva detto di portare pazienza ancora un po'. Avrei potuto riposarmi fino alla fine del mese. Se nel frattempo la signora – che per la verità non si faceva mai vedere – fosse andata al ristorante con qualcuno e si fosse accorta della mia assenza, lui avrebbe fatto in modo di coprirmi. Una cosa che mi imbarazzava non poco. Riuscivo facilmente a immaginare che tra lei e suo marito ci fosse stato uno scontro d'opinioni in relazione alla mia punizione.

Il mio caro lavoro mi appariva remoto. L'unica soluzione forse era rinunciarvi. Bastava che pensassi ai Takada e alla loro casa per sentirmi soffocare.

Ero depressa, non vedevo più gli amici e trascorrevo moltissimo tempo chiusa nel mio appartamento.

Ormai era primavera e sugli alberi di ciliegio davanti alle finestre continuavano a spuntare boccioli nuovi. Quando la sera uscivo vestita leggera a fare due passi, notavo che la vegetazione era più rigogliosa e che con l'aria limpida il cielo assumeva un colore sempre più delicato. Quando mi sentivo un po' meglio mi veniva da pensare: *Non può andare avanti così. Quasi quasi me ne vado a Tahiti, così magari riesco anche a decidere cosa fare della mia vita. Quando torno poi chiamo il proprietario e il direttore e li prego di farmi ritornare all'Arcobaleno. Prometterò di mettercela tutta.*

Il mio sogno, il mio unico vero sogno, era tornare in quel ristorante.

Più di una volta i miei colleghi mi avevano telefonato per farmi sentire il loro supporto. "Metterò una buona parola col direttore perché ti riassuma." "Devi tornare all'Arcobaleno e svenire ogni tanto. Sta' tranquilla, io ti sosterrò fino a quando non cadrai a terra." Mi commuovevano le loro battute gentili. A tutti, senza dire la verità, rispondevo che mi stavo dando da fare per riprendere a lavorare il mese successivo.

In compenso aggiungevo: "Fisicamente mi sono ripresa, così ho deciso di andare a Tahiti. Spero che mi possa servire per distrarmi un po' e per imparare molte cose. Comunque sia quando torno vengo al ristorante a portarvi qualche souvenir del viaggio".

Quando ne parlavo, pensavo davvero che sarebbe andata così e riuscivo a vedere la cosa con allegria.

Non sapevo cosa si fossero detti lui e la moglie sul mio conto, per cui non aveva neppure senso starci a pensare. Dopo aver passato le consegne alla nuova governante avrei solo dovuto aspettare che venisse presa una decisione sul mio futuro. L'unica cosa che era stata fissata era il giorno in cui sarei dovuta andare a casa dei Takada per parlare con la signora. In base a quello, avevo due settimane a disposizione per la mia vacanza.

Andai subito in agenzia a prenotare il viaggio, feci il versamento in banca e rinnovai il passaporto. Il programma della mia fuga a Tahiti era ormai deciso nel dettaglio. Andai a ritirare il biglietto e nell'istante in cui, tutta felice, feci per dirigermi verso casa, suonò il cellulare.

"Sono Takada. Chiamo a proposito del gatto, volevo chiederti se potresti venire a prenderlo."

La sua voce mi risuonò nell'orecchio.

"Sì, va bene! Sono appena uscita da un'agenzia di viaggi. Sa, ho pensato di approfittare dell'occasione per andare a Tahiti. Andrò a vedere anche il ristorante da cui è nato l'Arcobaleno. Se per lei non è un problema che durante la mia assenza lo porti in una pensione, posso venire a prenderlo quando vuole. Ne ho già parlato con il proprietario di casa mia. Ha provato compassione per la mia situazione, adesso che è morta la mamma e, a condizione che non mi faccia scoprire dagli altri inquilini, mi ha dato il permesso di tenerlo. Sa, non vuole che si sentano legittimati a farlo anche loro. Pensi che mi ha addirittura consigliato di dire che sono una sua parente, se per caso qualcuno dovesse accorgersene. Quando poi lascerò l'appartamento dovrò rimettere tutto a posto, fare in modo che l'odore sparisca e sostituire la carta da parati. Pertanto adesso posso assumermi la responsabilità di tenerlo."

"Ah, sì? Bene! Prima lo verrai a prendere e prima si abituerà. Resta inteso che ti pagherò gli alimenti" disse il signor Takada.

"Le sembra il caso di usare certe espressioni per telefono? Sembriamo due che stanno facendo un atto di divorzio!" commentai ridendo. "Comunque sia, non si preoccupi, ho da parte un po' di risparmi. Lo terrò con piacere."

"Potresti venire da me anche adesso?" mi chiese.

"Dove, a casa sua?" domandai. "Sua moglie è a casa? Sa, è talmente arrabbiata con me che preferirei non doverla incontrare. Penserà che sono capricciosa e me ne scuso davvero. Le prometto però che sarò presente per l'arrivo della nuova governante. Mi dica dove possiamo vederci e volerò da lei."

111

"Ho capito... a dire la verità sono ancora in ufficio e non so se mia moglie è in casa. Facciamo così, allora: torno a prendere il gatto Tarō, lo metto in macchina assieme ai suoi giochi preferiti, alla cestina e alla lettiera, e vengo dalle tue parti. Sempre che non ti disturbi la cosa, s'intende."

"Al contrario, mi fa piacere."

"Dov'è casa tua? Vicino al ristorante?"

"È subito dietro la stazione di N., a tre fermate da quella dell'Arcobaleno."

"Allora che ne pensi se ci troviamo in quel bar all'aperto che è di fronte alla stazione? Se parto adesso, ora che preparo tutto e ti raggiungo, arriverò verso le nove. Ho visto che è aperto anche di sera, per cui non dovrebbero esserci problemi. Ah, sta per cominciare a piovere, quindi mettiti in uno dei tavolini in terrazza, sotto la tettoia."

"Va bene" risposi.

"Adesso che ci penso, ogni volta che abbiamo i nostri incontri segreti sono sempre in compagnia di un animale. E così siamo costretti a vederci in un locale all'aperto!"

Quando lo sentii fare quella battuta e ridere dall'altro capo del telefono, accusai l'ennesima stretta al cuore.

Non appena riattaccai, iniziò a piovere davvero.

Alle nove in punto aprii l'ombrello e sfidando una pioggia torrenziale mi diressi verso il caffè. Ero felice sia di rivedere il gatto, sia di poter parlare direttamente con il signor Takada. Ero anche tesa perché sapevo che quella era la mia ultima chance per chiedergli del mio lavoro. Giusto o sbagliato che fosse, avevo poche alternative.

La terrazza era chiusa con delle vetrate scorrevoli ed era anche stato acceso il riscaldamento perché la temperatura si era molto abbassata. Le piastrelle del pavimento risplendevano fredde, la pioggia scorreva a rivoli sui vetri e la vista dall'altra parte della strada era offuscata come in un miraggio.

Con dieci minuti di ritardo, il signor Takada arrivò con una piccola cestina dove aveva messo il gatto Tarō. Era bagnato un po' dappertutto, con il sorriso sulle labbra e le spalle del cappotto fradicie. Di sicuro con l'ombrello non aveva riparato se stesso, ma la cestina del gatto.

"Scusa il ritardo!"

Aveva l'aspetto giovanile di sempre e quell'espressione solare che avevo visto per la prima volta sulla rivista. Mi resi conto però che in lui qualcosa era cambiato. Forse era stato un bene che fosse stata decisa la destinazione del gatto e me ne rallegrai.

A dire la verità ero preoccupata per lui, un altro essere vivente rinchiuso in quella casa con una donna che ai miei occhi era un'arpia.

"Pensavo di lasciare il gatto Tarō in macchina, ma oggi fa freddo e così l'ho portato con me. Mi faceva pena..."

"Speriamo che si abitui presto al mio piccolo appartamento" dissi.

"Ti ricordo che è un trovatello e che si affeziona subito alle persone. Vedrai, andrà tutto bene. Quando dovevo assentarmi lo affidavo sempre a qualcuno e non ci sono mai stati problemi."

"Me ne prenderò cura con tutto il mio affetto, fino all'ultimo respiro" dissi. "E il cane Tarō sta bene?"

"Adesso è nel retro del ristorante. Lo portiamo fuori a turno. Dall'aspetto sembra contento. C'è anche una ragazza, che prima lavorava come parrucchiera per cani, che l'ha tosato."

"Ah, la Yamaoka! È vero, lei ha la licenza da *trimmer*."

Era un nome che mi destava nostalgia. Infine presi il coraggio a due mani e gli chiesi:

"Signor Takada, potrò mai tornare a lavorare all'Arcobaleno?".

"Ma ti rendi conto che quando ci vediamo, in qualunque momento o luogo, mi chiedi sempre se puoi tornare all'Arcobaleno? L'ho capito, non preoccuparti! Ti ho già detto che ci tengo anch'io al tuo ritorno" rispose risoluto. "Dicano quello che vogliono, a meno che non sia tu ad avere dei problemi, io ho già predisposto tutto perché tu riprenda con il primo del mese. Basterà che ti presenti al ristorante. Ne ho anche parlato con il direttore. Pensavo di comunicarti la cosa insieme alla faccenda del gatto. Scusami se te lo dico solo ora. Per il locale è un'ottima cosa che lavorino persone realmente motivate. Conto su di te!"

"Grazie mille... quando torno da Tahiti, riprenderò immediatamente." Mi sentivo svenire dalla felicità. "Oppure è meglio che rinunci al viaggio e riprenda al più presto?"

"Figuriamoci! Devi andarci assolutamente. Consideralo uno stage. Per un verso mi imbarazza che tu ci vada a spese tue, vorrei potermi permettere di pagartelo io, ma purtroppo non posso. Sono sicuro che la tua esperienza risulterà molto utile anche all'Arcobaleno. L'unica cosa che posso fare è chiamare il proprietario del ristorante di Moorea e avvisarlo che andrai a fargli visita. In modo che ti faccia vedere le cucine e ti offra una cena."

"Va bene, ci andrò di sicuro. Pensavo già di farci una capatina, ma così sarà tutto più semplice."

"A Bora Bora in che hotel hai prenotato?"

"Al Meridien, non ho badato a spese! Morivo dalla voglia di stare in un cottage sull'acqua. Ci tenevo molto anche perché ho sentito dire che l'hanno finito da poco e che le attrezzature sono strepitose" commentai.

"È vero, è un posto meraviglioso. Però a stare soltanto lì non si riesce ad apprezzare il vero fascino di Tahiti."

"Non sarà il mio caso. Per la prima metà del soggiorno starò in un bungalow da due soldi e dovrò anche cucinarmi i pasti."

"Perfetto, così conoscerai entrambe le realtà. Se ti trovassi in difficoltà, chiamami. Ho tantissimi conoscenti laggiù. Non mi va di intromettermi più di tanto perché immagino che non andrai sola, però, sai, quello è il mio territorio" fece lui. Avrei voluto dirgli che a dire il vero andavo sola, ma non ne ebbi il coraggio.

"Devi assolutamente assaggiare il pesce pappagallo fritto e i sandwich al tonno stracolmi. E se pensi che da noi siano meno buoni, me lo devi dire, eh? Oddio, a volte il cibo sembra più saporito soltanto perché il panorama è bello... Anche la birra Hinano, ad esempio, bevuta qui ha tutto un altro sapore. Ah, poi è buonissimo anche il pane, non per niente Tahiti è territorio francese. Quello, qui da noi, proprio non riusciamo a eguagliarlo. È talmente buono che tutte le volte che mi siedo a tavola mi riempio lo stomaco ancora prima di cominciare il pasto vero e proprio."

E così dicendo prese un foglio di carta e si mise a disegnare una mappa con i posti che mi raccomandava: un negozio dove acquistare le perle nere a buon mercato, un buon ristorante vicino al mio cottage di Moorea, un'insenatura mozzafiato, un belvedere dove prendere un gelato al cocco da favola, un posto dove assistere agli spettacoli di danza tahitiana eccetera. Provai ammirazione di fronte a tanto entusiasmo: il suo amore per Tahiti era spropositato. E mi resi conto che ci teneva davvero a condividere con me i luoghi che apprezzava, pur tenendo presente il mio budget limitato. Sembrava davvero felice che andassi laggiù e in pochi minuti scrisse sul foglio una tale quantità di posti che sarebbe stato impossibile visitarli tutti nei giorni che avevo a disposizione. Tirò fuori la sua agenda e mi scrisse addirittura i numeri di telefono e gli indirizzi.

Mi ricordai che anni prima un collega era stato a Tahiti in viaggio di nozze e che era tornato entusiasta raccontando che, quando era andato con la moglie in visita al ristorante di origine, era rimasto stupito nel vedere che il signor Takada li aveva avvisati del loro arrivo, e che avevano ricevuto un'accoglienza particolarmente calorosa. Avevano preparato in loro onore una torta speciale, gli avevano regalato dei fiori, e – come se non bastasse – li avevano riaccompagnati in albergo in macchina.

115

Lo stesso collega aveva anche detto che, ogni volta che aveva fatto il nome del signor Takada, non c'era stata una persona che non si fosse illuminata con un sorriso, tanto da rendersi conto di quanto gli volessero tutti bene.

"Dimenticavo! Vicino al Meridien c'è una laguna molto interessante. Ti consiglio di prenotarti per il tour che parte dall'albergo. Si può nuotare in una riserva con squali e tartarughe. A me è piaciuto davvero. Sai, non pensavo che fosse possibile sguazzare insieme a loro! Avevo sempre creduto che, quando avessi visto con i miei occhi uno squalo in mare, mi sarei trovato in pericolo di morte, per cui quando in quella laguna me ne sono ritrovato davanti uno, anche se piccolo, ho provato una forte emozione. Quando vivevo a Tahiti non avevo soldi, non sapevo nemmeno che ci fossero posti del genere. Mai e poi mai avrei immaginato che fosse così semplice nuotare insieme agli squali. Che tra l'altro sono molto graziosi, anche se, per quanto piccoli, incutono timore. Ce ne sono di bellissimi, di un giallo limone incredibile."

"Sembra il racconto di un sogno, non riesco neppure a immaginarlo. A ogni modo ci andrò di sicuro" commentai.

E ancora una volta tra noi calò il silenzio assieme al rumore della pioggia.

Non c'era più nessun motivo perché restassimo seduti in quel caffè. Il gatto Tarō forse stava morendo dalla voglia di far pipì. Eppure io volevo restare. Volevo continuare ad ascoltare il rumore della pioggia.

"Ti accompagno a casa" disse il signor Takada e ci alzammo.

Sotto quella pioggia scrosciante, ormai bagnata da capo a piedi salii sulla sua Mercedes. Mi venne da ridere a vedere i sedili pieni di peli di cane e di gatto. Per quanto il tergicristallo fosse alla massima velocità, pioveva con una violenza tale che non si vedeva niente. Lo stereo suonava una musica di rara tristezza. Con una voce straziante, il suono dolce di una chitarra che raccontava la disperazione. Suoni che si sposavano bene con la pioggia che scorreva copiosa sui finestrini appannati e la vista esterna sgranata nei colori dell'iride.

"Che musica strana!"

"L'ha scritta un chitarrista insieme a uno spirito che l'ha aiutato a guarire da una malattia mentale."

"Non saprei dirle perché, ma mi piacciono molto sia la voce che l'esecuzione."

"Anche a me. Trasmettono una strana quiete. È una musica che mi piace ascoltare soprattutto in macchina nei giorni di pioggia."

Il signor Takada aveva un profilo regolare e nel timbro della sua voce si sentiva la profondità del mare.

"Grazie per aver preso il mio gatto" disse. Poi proseguì: "A dire la verità, tu mi sei sempre piaciuta. Dal giorno che ti ho vista per la prima volta al ristorante, sei sempre stata il mio sole!".

Nella mia vita quello fu il momento in cui mi meravigliai di più in assoluto, ancor di più di quando mi avevano detto che la mamma era stata male.

"La... la... la prego, non mi metta in difficoltà" dissi a stento. "Le nostre posizioni sono diverse, così mi mette in difficoltà."

"Però è la verità" ribatté lui. Coperto dallo scroscio della pioggia, sentivo il mio cuore battere all'impazzata. La macchina nel frattempo era arrivata davanti alla stazione vicino a dove vivevo.

"Voglio accompagnarti fino a casa, ma non preoccuparti, non farò irruzione nel tuo appartamento. Ci sono molte borse e il gatto sembra che stia dormendo" disse lui con un tono di voce normale.

"Va bene. Mi può lasciare lì dopo quella curva" risposi.

Lui fermò la macchina davanti alla stradina che portava al mio condominio e aggiunse:

"A dire la verità, in origine sono stato io a volere che venissi a lavorare a casa mia. Avevo paura che altrimenti ti saresti licenziata e poi ti volevo un po' più vicina, speravo che ti accorgessi della mia presenza. Non avrei mai immaginato che il tuo arrivo coincidesse con una situazione così problematica. Mi dispiace davvero. Nel periodo in cui hai lavorato a casa mia, anche se non riuscivamo mai a vederci, io sono stato davvero felice. Sono stati i giorni più belli che abbia mai passato da quando mi sono trasferito in quella villa. Che ne pensi? Trovi strano che nelle mie condizioni ti dica quello che provo per te?".

"Sua moglie presto avrà un bambino, no?" dissi con lo sguardo abbassato e le mani strette con forza.

"Sì, ma non è figlio mio!" commentò lui schietto. Poi aggiunse: "Non credi che tutti abbiano il diritto di essere felici? La vita è dura e molto spesso siamo costretti a fare cose che non ci interessano. Non pensi che ognuno di noi meriti di vivace anche dei momenti di gioia? Credi sbagliato che io stia cercando di ridare al mio mondo così complicato la semplicità di un tempo?".

"Assolutamente no... Ma che cosa ci trova in me?"

"Mi piace innanzitutto il tuo aspetto minuto, a tratti severo e riservato, il tuo modo di lavorare, il tuo amore per le piante e gli animali" rispose.

"Quand'è che ha cominciato a vedermi così?" gli chiesi.

"Quando ti ho vista la prima volta è stato come per il primo amore, mi sono innamorato all'istante. Ho pensato che fossi il mio tipo ideale. Mi è piaciuto tutto di te, il tuo modo di concepire il lavoro e il tuo carattere serio e tenace che il direttore mi descriveva. Spesso sono venuto al ristorante soltanto per vederti, ogni volta però eri talmente concentrata che – a meno che non mi sedessi a un tavolo – non ti accorgevi nemmeno della mia presenza. Nel periodo in cui hai lavorato a casa mia, io vivevo praticamente separato da mia moglie e non c'ero mai, eppure mi sentivo al settimo cielo."

"Sua moglie lo sa?" gli chiesi di nuovo. In quel momento mi si chiarirono tutti gli elementi della storia. Ero stata davvero stupida a non accorgermi di niente fino ad allora.

"No, è all'oscuro di tutto" rispose lui. "Non mi va di parlare male di lei. Al di là del fatto che le nostre ditte sono state fondate con un capitale comune, la mia vita ormai non ha più niente a che vedere con quello che lei vuole fare. Il mio desiderio è vivere in un posto con molte piante e animali. I bambini mi piacciono, ma se possibile vorrei crescere i miei, non quelli di un altro. Il mio mondo può anche essere piccolo, non m'importa, io però è lì che voglio vivere. Mia moglie, invece, immagino che dia importanza al lavoro, alla sua storia d'amore e ai figli nati da quella storia. Non le do tutti i torti, io però sulla mia strada non vedo più nessun punto in comune con lei, incluso quel catering maledetto e il fatto che abbia buttato fuori casa gli animali."

A quelle parole mi sentii salire il sangue alla testa, tanto da trovare il coraggio di dire tutto ciò che pensavo.

"Adesso parlerò io, non come una sua dipendente, però, ma come una ragazza qualsiasi. Le dirò quello che penso in tutta onestà. Mi dispiace per lei, ma credo che sia colpa sua l'aver scelto una donna come sua moglie pur sapendo che sarebbe andata a finire male. È un comportamento infantile. Anch'io ritengo che sia un po' strana. Ma soltanto perché il nostro modo di vedere le cose è diverso. A modo suo, sua moglie è perfetta. Pertanto, adesso che lei ha conquistato la sua fiducia, la fiducia di una persona triste dentro, adesso che vi siete messi insieme, penso che dovrebbe restare al suo fianco fino alla fine. È una questione di responsabilità. Con questo non voglio dire che pensare di cambiare sia sbagliato. Ognuno di noi ha lo stesso identico diritto di farlo. Le chiedo però di non farlo indirizzandosi a me, prendendo in prestito le mie energie. Nella vita io ho sempre fatto a brandelli i miei sentimenti pur di rendere ogni cosa più semplice possibile. Non mi va di venire coinvolta in una questione coniugale."

Il signor Takada ascoltava in silenzio.

Era un silenzio doloroso, straziante. La pioggia continuava a scendere e io... a dire la verità ero felice. La felicità era filtrata dentro di me piano piano. Avrei voluto restare per sempre così in quella macchina, rivolgergli parole più gentili, tornare a essere la coppia spensierata di qualche minuto prima. Questo era quello che avrei voluto fare davvero. E invece sull'orlo del pianto proseguii:

"Di solito noi donne quando ci sposiamo abbiamo un sogno in cui confluiscono vari desideri. Vogliamo essere amate, raggiungere la stabilità economica, coltivare le ambizioni per il genere di vita che potremo permetterci di lì in avanti, riuscire a valorizzarci. In quel senso penso che sua moglie sogni più cose della norma. Più della 'norma', ripeto. E non c'è niente di male a sognarne di più. Io purtroppo non posso condividere con lei questo suo problema personale. Senza accorgersi della ricchezza che ha dentro di lei, si è fatto incastrare da una donna del genere pur non sentendosi sicuro di poterla amare davvero. A me gli adulteri non piacciono. Quando vivevo ancora al mio paese, con tutti i turisti che venivano alla nostra trattoria, ho avuto modo di vederne davvero tanti. Gli adulteri, comunque siano, vanno sempre in una brutta direzione. Lei credeva che, esattamente come con le piante, una volta toccati con mani pure, anche gli esseri umani potessero far sbocciare dei bei fiori, vero? Lei ha sposato sua moglie convinto di poterla cambiare, o sbaglio? La natura umana però non cambia. Ed è per quello che a me piacciono le piante e gli animali. Le chiedo scusa per averle parlato in modo brutale, ma io vi vedo così".

Il signor Takada replicò:

"So che il mio sentimento per te non cambierà. Ti prometto però che non ti importunerò nella maniera più assoluta, dunque ti chiedo per piacere di non lasciare il lavoro".

"Non so. Adesso che ho saputo come stanno le cose, penso che sarebbe difficile riprendere a lavorare con lo spirito di prima."

Ormai ero in preda alla disperazione. Nemmeno io sapevo perché me la fossi presa a quel modo.

"Io però vorrei sapere cosa provi... vorrei che mi dicessi

anche solo se credi che ci sia qualche possibilità oppure no, e cosa pensi di me. Una volta che lo saprò riuscirò a crescere quel bambino anche se non è figlio mio, e se grazie all'Arcobaleno potremo lavorare insieme riuscirò a tornare alla vita di sempre con un barlume di speranza."

"Io la stimo moltissimo, ma penso che una relazione sia impossibile. Non ci posso fare niente."

Mentre parlavo, mi venne da piangere.

"Se è questo che provi, non c'è niente da fare, certo. Capisco benissimo" fece lui.

La musica era finita e, dentro l'auto, si sentiva soltanto il rumore della pioggia. Lui taceva stringendosi fra le braccia il suo cuore ferito, mentre dal suo corpo trasudava un desiderio cieco e incontrollabile per me. Il suo silenzio era venato di sofferenza.

Mi resi conto che la sorpresa mi aveva giocato un brutto scherzo ed ero andata oltre con le parole. Quindi presi sottobraccio la cestina con il gatto Tarō e le borse con tutto il resto. *Se non scendo subito da questa macchina, va a finire che gli dico cattiverie ancora più pesanti*, pensai.

Poi provai una pena fortissima e senza volere, per un istante, gli misi una mano sul capo. E per quel breve frangente toccai i suoi capelli. Dei capelli morbidi e lucenti.

"Le chiedo scusa, ma molto probabilmente non tornerò più all'Arcobaleno. Mi perdoni per le cose cattive che ho detto su di lei e sua moglie. Mi rendo conto che in tutto questo è lei quello che sta soffrendo di più. Io purtroppo non sono così forte da potermi dedicare agli altri, è già molto se riesco a prendermi cura di me stessa. La pregherei di dimenticarmi. E se per caso non sarà con sua moglie, troverà un'altra in grado di renderla felice, vedrà! Una persona che la faccia sentire libero come ai tempi di Tahiti. Fintanto che avrà vita, se anche il suo matrimonio dovesse rivelarsi un fallimento, qualunque cosa dovesse succedere, anche la più terribile, se riuscirà a non perdere la speranza, arriverà il giorno in cui troverà se stesso in una circostanza più felice. Mi raccomando, non disperi! Sappia che, se anche mi licenzierò, a me il suo Arcobaleno piace da morire" dissi.

"Quel giorno, io, l'avrei voluto vivere con te. Quello era il sogno egoista che coltivavo dentro di me" disse il signor Takada come gemendo.

"Inutile, è un ruolo che non posso assumere" dissi. Poi scesi dalla macchina e sotto la pioggia corsi via senza girarmi a guardarlo un'ultima volta. Il gatto e le borse erano pesanti, ma in quel momento la cosa non era un problema.

Quella notte, con il rumore della pioggia, mi coricai per la prima volta insieme al gatto Tarō senza riuscire a chiudere occhio.

O forse sarebbe più corretto dire che era il gatto Tarō a concedermi di stargli vicino.

Sembrava disorientato nel mio piccolo appartamento, all'inizio andava in giro miagolando e alla fine si era nascosto sotto un tavolo senza più venir fuori. Quando poi, dopo il bagno, avevo spento la luce e mi ero sdraiata sul *futon*, finalmente si era deciso a uscire dal suo nascondiglio e, tutto esitante, si era seduto al mio fianco. Dopo poco aveva chiuso gli occhietti e, sempre in quella posizione, si era addormentato.

Il suo calore mi faceva piacere. Mi sembrava di immaginare come si fosse sentito il signor Takada il giorno in cui gli si era intrufolato in casa.

Quel piccolo gatto peloso con cui non potevo nemmeno parlare mi voleva bene, e la sua forza donava serenità al mio cuore agitato e miserabile.

Comunque, sin da quando avevo cominciato a condividere con il signor Takada il giardino e gli animali e a guardare le cose con il medesimo spirito, ne ero rimasta affascinata. Era per quello che la sua confessione mi aveva ferita.

Se soltanto fosse stato zitto, sarei riuscita a dirottare questo

mio piccolo amore nel lavoro, così invece non potrò più vederlo.
Come si è potuto permettere di privarmi del mio piccolo sogno!

Forse, era questo che pensavo nel profondo.

La cosa però di cui ero più pentita era non avergli permesso di dare un ultimo saluto al suo amato gatto Tarō. Immaginai che avrebbe voluto affondargli il viso nel pelo, che avrebbe voluto sentire ancora una volta le sue fusa. Lui era stato la persona che in assoluto l'aveva accudito di più, e io gliel'avevo praticamente strappato di mano. Non sapevo se sarebbe stato un bene tornare a lavorare al ristorante oppure no. Certo, avrei potuto anche fare finta di niente, ma forse non era giusto, e non si poteva escludere che, vedendomi, al signor Takada non si infuocasse l'animo ancora una volta. O che non si infuocasse a me.

Se poi la moglie fosse venuta a sapere la verità, con il carattere che aveva, sarebbe andata su tutte le furie e forse non gli avrebbe concesso il divorzio, e una volta che la cosa fosse diventata di dominio pubblico, si sarebbe compromesso anche il mio rapporto con il direttore e i colleghi. Avrei vissuto con il rischio di perdere in un sol colpo amore e lavoro, ma la mia educazione non mi permetteva di impossessarmi di qualsiasi cosa a qualsiasi costo pur di mantenere l'impiego. Non ero sicura di riuscire a vivere in quelle condizioni. Se soltanto avessi potuto continuare a lavorare con vigore nel ristorante, se fossi riuscita a farlo fino alla vecchiaia, ne sarei stata davvero felice. Un sentimento forse identico a quello che il signor Takada aveva provato quando lavorava a Tahiti.

Era proprio per quello che credevo di non farcela. Per me era meglio continuare ad avere desideri irrealizzati.

Senza sapere cosa fare, ascoltavo con gli occhi aperti nella penombra il rumore della pioggia, lo stesso che di sicuro stava sentendo anche il signor Takada, mentre la luce che entrava dalla finestra illuminava il pavimento.

Nell'ambiente risuonavano anche le fusa del gatto Tarō. Appoggiai delicatamente la mano sul suo pelo. Sensazione di essere vivente, calore quasi opprimente. E ferma in quella posizione, facevo di tutto per adeguarmi ai suoi movimenti inconsci. Improvvisamente rividi la scena di lui, immobile, con il gatto Tarō sulle ginocchia. Lui, gentile nei confronti di tutte le forme viventi, e con un animo bello che lo portava a credere che quella fosse la normalità. Lui che dopo aver mangiato una nespola ne aveva seminato il nocciolo, lui che aveva spalmato l'unguento sulla dermatosi del cane, lui che, innamorato di Tahiti e spensierato com'era, si era fatto tradire dalla moglie.

Dal momento in cui avevo cominciato a lavorare all'Arcobaleno, non ero più riuscita a togliermi dalla testa la sua immagine, l'avevo sempre amata da qualsiasi angolazione la guardassi. Quella sua espressione affranta e sofferente, come pure la musica triste che suonava in quel momento, continuavano a girarmi nella mente.

Il gatto Tarō si abituò a me fin dal primo giorno.

Si leccava il pelo sul davanzale e rubava il cibo come se avesse sempre vissuto nel mio appartamento. La sua presenza mi rendeva serena e grazie a lui riuscivo a trascorrere le giornate senza perdermi in pensieri troppo profondi.

Quel pomeriggio dovevo andare a casa dei Takada per incontrare la nuova governante. Feci la strada, che ormai conoscevo a menadito, un po' giù di morale.

Soffiava un vento di primavera e sui ciliegi i boccioli cominciavano a schiudersi. Qua e là c'erano anche piante impazienti già completamente in fiore e ogni tanto nell'aria danzavano dei petali rosa. Era un pomeriggio ventoso.

La nuova governante era un po' più giovane della signora Yamanaka, non sembrava affatto che avesse già un nipote. Sin dall'aspetto si capiva che era una professionista, una vera veterana, pertanto le mie spiegazioni si conclusero in quattro e quattr'otto e da parte sua non sembravano esserci molte domande. Pensai che una come lei sarebbe stata più brava di me fin dall'indomani e che, una volta arrivato il bambino, non ci sarebbe stato nessun problema. Le disegnai alla buona una mappa con i vari negozi delle vicinanze e terminai il mio incarico. Le avevo dato a grandi linee qualche indicazione sul giardino per cui, anche se non se ne fosse presa cura con amore, di sicuro avrebbe fatto in modo che conservasse un aspetto decoroso.

Prima di andarmene, in piedi in quel giardino che non avrei più rivisto, alzai la testa al cielo e dissi ad alta voce: "Grazie!". E percepii una sensazione di benevolenza e di gratitudine arrivare verso di me dai rami piegati al vento e dalle piante in fiore. Li ringraziai per l'energia che mi avevano donato e li pregai di essere altrettanto generosi con lui, fintanto che fosse rimasto in quella casa. *Potete prendervi tutta l'energia che volete dalla signora e dal suo amante, ma al signor Takada, al bambino e alla signora Suzuki – la nuova governante – dovrete regalare delle viste magnifiche, mi raccomando!*

In quel momento sentii aprirsi la porta che dà sul giardino e la signora Suzuki, che era rimasta dentro, uscì a chiamarmi:

"Signorina! Il signor Takada è rientrato e credo che voglia parlarle!".

Dallo stupore, feci una faccia incredibile. Tuttavia cercai di controllarmi e riuscii a rispondere:

"Vengo subito!".

A dire la verità sentivo che sarebbe andata a finire così e io stessa in cuor mio speravo di poterlo incontrare ancora una volta. Volevo almeno chiedergli scusa per tutte le cose terribili che gli avevo detto, e spiegargli un po' meglio cosa provavo per lui, magari senza arrivare a confessargli che ne ero affascinata.

Rientrai in casa e lui mi disse facendo finta di niente:

"Volevo ringraziarti per l'aiuto che ci ha dato fino a oggi. Ti dispiacerebbe seguirmi un attimo? Ah, signora Suzuki, siamo intesi, eh? Per il momento basterà che riordini la cucina, faccia le pulizie e il bucato. Se poi dovesse riuscire a mettere ordine nel ripostiglio, mi farebbe un grosso favore".

La signora rispose: "Va bene, ho capito" e senza sospettare nulla se ne andò in cucina.

Quando restammo soli, mi inchinai profondamente e tutta rossa in viso gli dissi:

"Grazie di tutto. Per quanto riguarda l'Arcobaleno, poi, volevo chiederle se mi poteva concedere un po' di tempo per pensarci. È più forte di me: quel ristorante mi piace moltissimo e adesso come adesso proprio non riuscirei a lavorare da un'altra parte".

Alzai il capo e mi scontrai con il suo sguardo rovente.

"Seguimi un attimo, per favore!" disse e con passo deciso si diresse verso le scale che portavano al piano superiore. Lo seguii pensando – chissà perché – che mi avrebbe fatto vedere vecchie foto del ristorante o qualcosa del genere. Come previsto infatti si diresse verso lo studio. Aprì la porta e mi invitò a entrare. Dalla grande finestra di quella stanza si godeva la vista sul giardino, ma quel pomeriggio le tende erano chiuse e l'ambiente era un po' buio. Il signor Takada chiuse la porta e con un impeto incredibile mi abbracciò buttandomi sul divano, quel grande divano dove mi aveva detto si sdraiava a riposare.

Pensai: *Co... cosa diavolo stai facendo?* Evitai di gridare o di parlare a voce alta solo perché se la signora Suzuki ci avesse sentiti dal pianterreno sarebbe successo il finimondo. Così mi irrigidii con tutto il corpo e senza dire una parola lo fissai negli occhi, cercando di fargli capire quanto lo biasimassi.

"Ti prego! Almeno una volta, ti prego! Ormai non riesco più a controllarmi" mi supplicò con un'espressione sofferente. "Se torni all'Arcobaleno, non ti dirò più niente, te lo prometto. Sono disposto anche a perderti. Se mi dirai che se continuo ti licenzi, mi sta bene lo stesso. So benissimo che mi sto comportando da egoista, per cui ti giuro su ciò che ho di più caro che non ti importunerò mai più. Però adesso, ti prego, facciamolo almeno una volta!"

E chiuse gli occhi. In quel momento la situazione mi apparve con chiarezza. Il mio corpo sapeva quanto lui mi avesse desiderata e quanto si fosse controllato fino ad allora.

Non so perché conoscevo anche la sensazione di essere schiacciata dal suo peso mentre con impeto mi bloccava mani e corpo. Non mi dava affatto fastidio. Impiegava una forza così intensa da indurmi a pensare: *guarda che non scappo anche se non mi stringi così, sai? Anche tu mi piaci...* Il signor Takada mi schiacciò il viso contro il suo petto in modo da non vedere il mio freddo sguardo di biasimo. Sempre con gli occhi chiusi in una smorfia di dolore. Il battito del suo cuore mi rimbombava nell'orecchio. Continuavo a opporre resistenza e constatai che sebbene cani, gatti ed esseri umani nascessero tutti con un cuore e si impegnassero tutti al massimo per vivere le proprie vite, erano solo gli ultimi che per qualche ragione arrivavano a commettere atti così insensati.

Se fossimo rimasti lì ancora a lungo la signora Suzuki si sarebbe insospettita, e poi quella era la dimora della moglie. L'unica cosa che mi disturbasse davvero. Sotto quel tetto mi sentivo miserabile. Trovavo penoso subire una violenza dall'uomo che amavo all'interno della casa costruita per la moglie. Così non ci sarebbe stata nessuna differenza tra noi due e lei, che si vedeva lì con il suo amante. Avremmo semplicemente appagato con incoerenza i nostri desideri rendendoci meschini.

Tuttavia attraverso il contatto con le sue mani, che non accennavano a fermarsi nonostante la mia resistenza, il senso di pena sparì immediatamente. Il movimento della sua mano che si era infilata nelle mie mutandine era gentile e delicato come se stesse sfiorando un uovo con il guscio incrinato, come se stesse camminando piano con un piccolo insetto chiuso nella palma. Provavo la sensazione di quando si tocca qualcosa verso cui si conserva un grandissimo timore reverenziale.

Pensai che nessuno avrebbe potuto avere la forza di respingere una preghiera tanto impellente e così mi lasciai andare. In quell'istante decisi di smettere di essere la cameriera che lavorava alle sue dipendenze. Ed esattamente come avrei potuto fare con un ragazzo della mia età, per la prima volta gli diedi del tu e gli dissi:

"Senti, ho capito. Facciamolo! Qui però non mi va. Portami via da qui!".

Lui annuì senza rispondere.

Poi, senza dire una parola, appoggiati l'uno all'altra praticamente aggrovigliati, verificammo che la via fosse libera e uscimmo di casa in grande fretta. Dopodiché, tenendo lo sguardo verso il basso, fianco a fianco camminammo fino alla strada principale.

Sul far della sera, la via pullulava di studenti diretti a casa. Camminavano facendo un gran chiasso invadendo addirittura la carreggiata, chi mangiando dei *takoyaki*, chi un gelato, chi bevendo qualcosa. Le loro voci arrivavano come onde insieme al rumore delle auto.

Il cielo era tinto in lontananza di un bel rosa pallido, e le nuvole sembravano pizzi. Era l'ora del giorno in cui la penombra scende da un momento all'altro. L'ora in cui, nelle case, le madri preparano la cena.

Con il suo braccio sulle spalle, forse non avrei mai più dimenticato quella strada in salita.

Dopodiché, sempre con lo sguardo abbassato, entrammo in un *love hotel*, uno strano edificio in stile giapponese che dava su un vicolo parallelo alla strada di prima.

Il "giaciglio" era uno strano, ma invitante, connubio tra un *futon* e un letto occidentale e nel centro della camera c'era un'abbagliante lampada al neon. Ci sdraiammo senza una parola e spegnemmo la luce.

Abbandonai l'idea di confessargli quello che provavo per lui, perché mai e poi mai avrei voluto dirglielo in modo approssimativo.

Le sue mani ripresero a toccarmi delicate. Quando si accorse che, come reazione ai movimenti gentili delle sue dita, mi ero bagnata, si stupì e per la prima volta mi guardò in viso. Aveva degli occhi bellissimi. Per nulla infangati dal desiderio. *Ecco cosa significa essere amati, ecco cosa succede quando l'uomo è innamorato della donna.* Mi chiesi, anche senza arrivare a definire quell'unione come "amore", se fosse possibile che due esseri umani si sfiorassero in un modo così tenero. I punti del mio corpo che lui toccava, uno dopo l'altro si scaldavano come consolati. Una reazione che non cambiava nemmeno in seguito ai movimenti violenti. Anche dopo aver versato dentro di me il suo seme copioso, seppur con tutte le precauzioni del caso, mi accarezzò molte volte i capelli con lo stesso impeto. Con affetto, esattamente come faceva con il gatto Tarō. Così da accertarsi che fossi viva.

Quando fu tutto finito, ci rivestimmo e uscimmo dall'hotel, era già buio. In quello scorcio di città illuminata dalle insegne, sotto quel cielo nero, tornammo alla strada principale su cui sfrecciavano le auto e io pensai che sarebbe stato il caso di parlare di più.

Anche se non glielo dissi, pensavo che sarebbe stato bello stare insieme ancora un po'.

Lui però sembrava sul punto di piangere. Dopo avermi rivolto quella sua preghiera triste, aveva continuato a tenere lo sguardo abbassato. E come per dare un taglio alle sue emozioni, mi disse sforzandosi:

"Allora, ciao. Mi raccomando, fai attenzione a Tahiti. All'Arcobaleno puoi tornarci quando vuoi, ti assicuro che manterrò la mia promessa. Non dovrai fare altro che chiamare il direttore".

Dopodiché mi guardò per un istante negli occhi e se ne andò, quasi di corsa.

Senza nemmeno girarsi a salutare un'ultima volta.

Mentre lo osservavo allontanarsi nel buio della sera, capii che la sua determinazione era autentica. Che era davvero rassegnato a non vedermi più.

Sentivo ancora il suo calore sulle guance, come il fuoco tra le gambe. Il vento però, facendomi svolazzare gli abiti stropicciati, in un sol colpo portò via i miei fervori. Rimasi lì ferma per un po' a osservare la direzione in cui era sparito.

Ripetevo a me stessa di aver fatto la cosa giusta, che andava bene così, eppure dentro di me sentivo di aver perso qualcosa per sempre.

L'ultima notte che trascorsi a Bora Bora, mi resi conto che la storia della signora Kaneyama mi aveva influenzata in modo strano. Come se fossi precipitata in un buco lasciato da un ingranaggio mancante, dentro di me era avvenuto un cambiamento misterioso. Mi sentivo sollevata, avevo l'impressione di essermi risvegliata da un brutto sogno.

Uscii a fare quattro passi bisbigliando tra me e me: *il significato di quella storia, o meglio il significato che ha avuto per me...*

Da sola, mentre camminavo sul pontile. A eccezione del rumore dei pesci che guizzavano fuori dall'acqua, era una notte incredibilmente silenziosa.

Le stelle infinite che coprivano la volta celeste brillavano al punto da farla apparire sfocata.

Le osservai a lungo, poi, con passo deciso, mi incamminai verso la reception.

Lì, esattamente come in passato doveva aver fatto il marito della signora Kaneyama, lavorava un uomo in gilè con un portamento elegante.

Mi feci dare un foglio di carta per inviare una breve lettera via fax al numero privato dell'ufficio del signor Takada. Scrissi i caratteri lentamente, uno dopo l'altro, con un tratto deciso, come fanno i bambini. Pensando che, anche se il contenuto era modificato in modo da non apparire sospetto agli occhi di un estraneo, l'energia che avevo messo nella scrittura potesse comunicare quello che volevo dire davvero.

Ho visto lo squalo color limone. Era magnifico, proprio come aveva detto lei. Al mio ritorno chiamerò subito il direttore così da poter tornare al più presto all'Arcobaleno. Vedrà, lavorerò ancor più di prima. Sappia che, sebbene non sia riuscita a dirglielo di persona, per tutto il periodo trascorso a casa sua, ho provato anch'io quello che provava lei. Vorrei davvero poter continuare a vedere quelle stesse cose e lavorare sodo insieme a lei. Spero solo che non abbia cambiato idea. Dal canto mio, sono disposta ad accettare qualsiasi cosa.

L'uomo della reception sorrise e con una pronuncia impeccabile mi disse in inglese:

"A Tōkyō, vero? Glielo spedisco subito, non si preoccupi! Vuole che la riaccompagni fino alla camera con la *golf cart*?".

"No, grazie. Preferisco tornare a piedi" risposi sorridendo.

Dopodiché, passo dopo passo, ripercorsi al contrario la stessa strada fino al cottage. Soffiava un fresco vento notturno.

E se... pensai. *E se dovessi mettermi con lui, mia madre in paradiso ne sarebbe contenta? Una lunghissima relazione extraconiugale con il titolare, contrasti a non finire, la differenza di status, economica e professionale... la gente poi penserebbe che l'ho circuito per i soldi e il gatto,* oddio, il gatto gliel'ho rubato per davvero... *e metterebbe in giro voci di ogni tipo.* Era proprio il genere di cose che mia madre odiava di più.

All'improvviso, però, trasportato dal vento mi parve di sentire il consiglio che la signora Kaneyama mi avrebbe dato, cioè di non lasciarmi influenzare da quelle fantasie. O forse si trattava delle voci della nonna e della mamma che giungevano da un mondo remoto.

Un uomo e una donna che si amano davvero, quando decidono di instaurare un rapporto che a prima vista può sembrare complicato, quasi sempre danno vita a una storia con un finale non molto differente da quello che aveva vissuto la signora Kaneyama.

Anche se saranno molte le difficoltà, se solo dovessi riuscire ad accertarmi del vero aspetto delle cose, di ciò che ne occupa il fulcro... mentre meditavo, alzai la testa al cielo e guardai ancora una volta le stelle.

Quando aprii la porta sentii quel profumo dei tessuti di una volta di cui erano imbevuti i vestiti della signora Kaneyama e mi rattristai un poco. Le nostre due tazze erano ancora lì, sopra il tavolo.

E con quella sensazione di calore, caddi in un profondo, profondissimo sonno.

La mattina successiva il motoscafo diretto all'aeroporto era al completo.

Rinfrancata dalla bella dormita, in cuor mio diedi un ultimo saluto all'ormai familiare Monte Otemanu. Un monte che con la sua nobile silhouette mi aveva trasmesso fiducia. Da qualsiasi punto dell'isola si alzasse lo sguardo, era sempre lì, e la sua folta vegetazione aveva un che di delicato. Era giunto il momento degli addii anche per la baia in cui avevo nuotato. Sotto i raggi limpidi di quel mattino, il mare e l'aria risplendevano trasparenti. E una brezza fresca mi accarezzava dolcemente il viso ancora addormentato.

Mentre tutti pigiati nella barca ascoltavamo il concertino di *ukulele* con cui alcuni ragazzi dell'hotel ci stavano salutando, venne avviato il motore. In quell'istante una ragazza della reception corse verso di noi dicendo: "Per fortuna sono arrivata in tempo, c'è un fax per lei!" e mi passò una busta. Una busta su cui era scritto soltanto il mio nome e il numero della stanza.

Il motoscafo salpò e scivolando tra le onde si diresse verso l'aeroporto.

In cuor mio ero agitata all'inverosimile, per cui aprii la busta ripetendomi di stare calma. Dentro vi trovai un testo scritto a mano, una scrittura a me cara, quella del signor Takada.

Quando arrivi a casa, ti pregherei di chiamarmi subito. Ci sono molte cose di cui ti vorrei parlare. Ma prima di tutto, posso venire a trovare il gatto Tarō? Muoio dalla voglia di vedervi entrambi.

Avevo gli occhi pieni di lacrime, ormai non c'era più niente che potesse preoccuparmi.

Nel mio futuro, la verità si sarebbe fatta strada da sola.

In quell'istante qualcuno disse in francese:

"Ah, l'arcobaleno!".

E tutti noi passeggeri della barca alzammo la testa al cielo. C'era davvero un piccolo arcobaleno. Con tutti i sette colori dell'iride, fluttuava chiaro con la folta vegetazione del monte come sfondo.

Una volta tornata in Giappone, mi avrebbe accolta una tiepida primavera. Sarei subito tornata a lavorare al ristorante, a casa ci sarebbe stato il gatto Tarō e avrei cominciato la mia nuova storia d'amore destinata a durare nel tempo. In un momento le cose erano cambiate in modo sorprendente, ma adesso avevo un arcobaleno davanti ai miei occhi.

Questo è un segno del destino. Un segno fin troppo bello per essere vero. Fisso nella memoria questo panorama e poi non guarderò più niente, lascerò che le cose seguano il loro corso, pensai quasi pregando. Mentre con lo sguardo rivolto al cielo osservavo quel piccolo arcobaleno che brillava immobile.

GLOSSARIO

Chūgen: festività, che cade il quindicesimo giorno del settimo mese del calendario lunare, in cui ci si scambiano doni in segno di riconoscenza.

Doraemon: protagonista dell'omonima striscia disegnata dalla coppia Fujio-Fujiko in seguito diventata anche un cartone animato di successo. È del 1970 ed è la storia di un gatto-robot in grado tra l'altro di superare le barriere spaziotemporali.

Futon: l'insieme di materassino e trapunta che costituisce il "letto" giapponese. Si stende direttamente per terra e di giorno viene piegato e riposto in appositi armadi a muro.

Kishū: antico nome della provincia di Wakayama, che si trova nella penisola di Kii in Honshū.

Love hotel (in giapponese *rabu hoteru*): alberghi diffusi in tutto il Giappone dove le coppie possono trascorrere ore di intimità con assoluto rispetto della privacy.

Setagaya: quartiere residenziale di Tōkyō.

Shinkansen: treno super rapido che collega le principali città del Giappone con corse tanto veloci quanto frequenti.

Takoyaki: bocconcini di polpo ricoperti di pastella e guarniti con salsa di soia, alghe e maionese.

Tsukiji: quartiere di Tōkyō in cui si trova il più importante mercato del pesce della capitale.

Stampa Grafica Sipiel
Milano, novembre 2003